KB163113

히메지마 아케노

제노비아 칼큘타

리아스 그레모리

시도 이리나

주문은 악마입니까?

DX.6

이시부미 이치에이 지음

미야마 제로 일러스트

이승원 옮김

목차

표지 · 본문 일러스트
미야마 제로

큼지막해도 찌찌——.

자그마해도 찌찌——.

·CAFE C×C·

여기는 쿠오우쵸에 있는 카페「C×C」.
「D×D」멤버들이 모이는 이 가게에서,
잇세 일행의 느긋한 목소리가 오늘도 들려온다.

리아스

"어머, 잇세. 뭘 보는 거니?"

"아, 요전번에 방을 청소하다 보니까,
앨범이 나와서 말이야."

잇세

아시아

"그립네요. 저와 잇세 씨가 만난 지
얼마 안 되던 시절의 사진이에요."

"이때는 모르는 게 참 많았어. 둘이서
다른 멤버들의 악마 영업을 견학했었잖아."

잇세

리아스

"참 이런저런 일이 있었지…….
아직 1년 정도밖에 안 지났는데,
참 옛날 일 같아."

"흐음, 잇세 군도
그런 시기가 있었구나……."

이리나

잇세

"이리나. 넌 여기서는 점원이지?
일하지 않아도 돼?"

"아, 괜찮아. 휴식으로 치면 돼!
그 시절의 이야기를 듣고 싶어.
이야기해 줄래?"

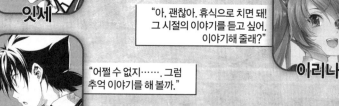
이리나

"어쩔 수 없지……. 그럼
추억 이야기를 해 볼까."

잇세

Life.1 악마, 계속하고 있습니다!

"어이! 인마, 거기 서!"

한밤중에———. 나는 고함을 지르며 어두운 폐허를 뛰어다니고 있었다.

느닷없이 부장님에게 대공의 명령이 내려왔기 때문이다. 그 내용은——— 떠돌이 악마의 토벌이다.

우리는 떠돌이 악마가 잠복했다는 동네 외곽의 폐건물으로 갔다. 그리고 들어서자마자 마력 공격으로 환영을 받은 후, 떠돌이 악마와의 술래잡기가 시작됐다.

"끝이 없네!"

내 옆에서 뛰던 부장님이 손에서 멸망의 마력을 방출해 전방으로 날렸다.

두웅! 어둠에 뒤덮인 폐건물에 흉악한 힘이 작렬하더니, 복도의 벽과 바닥을 도려내며 안쪽으로 뻗어나갔다.

그때——— 복도 끝에서 여러 겹의 마방진이 전개되더니, 멸망의 마력을 막아내려 했다.

쨍그랑! 유리가 깨지는 소리가 들리더니, 방어 마방진은 멸망의 힘에 허무하게 파괴됐다.

"큭!"

고통에 찬 신음도 들려왔다. 방금 충격으로 적도 대미지를 받은 것 같았다.

"부장님, 먼저 나서겠습니다!"

순식간에 옆에 나타난 키바가 그렇게 말하자마자, 마검의 칼날을 번뜩이며 전방으로 돌진했다.

칼이 부딪히면서 생긴 불똥이 밤의 어둠 속에서 몇 번 튀었다. 그 뒤로 별다른 소리가 들리지 않자, 부장님은 한숨을 쉬었다.

"아무래도 유우토가 적을 제압한 것 같네."

뒤쪽에서 나타난 아케노 씨도 우리와 합류했다.

"어머머, 벌써 끝났나요? 저분이 날린 마물을 정리하는 사이, 활약할 기회를 부장님들에게 빼앗긴 것 같네요. 코네코, 그렇죠?"

아케노 씨와 함께 등장한 코네코는 손에 쥐고 있던 징그러운 대형 날벌레를 바닥에 던지며 한마디 중얼거렸다.

"……약했어요."

바닥에 부딪힌 날벌레는 쉬익쉬익 하는 소리를 내며 거품으로 변해 사라졌다. 떠돌이 악마가 날렸던 사역마 벌레다. 아케노 씨와 코네코가 그 벌레를 맡고, 우리는 표적을 쫓기로 했다. 으으, 징그럽게 생긴 녀석은 사라질 때도 이상하네…….

"이 벌레, 제 가슴을 집중적으로 노리지 뭐예요."

아케노 씨는 그렇게 말했다. 가슴을 노리는…… 벌레? 불 속으로 뛰어드는 불나방처럼 가슴으로 뛰어드는 벌레인 걸까?

"잇세 선배 같은 벌레예요."

코네코는 탄식하듯 그렇게 중얼거렸다! 벌레 같아서 정말 죄송합니다!

"으으으…… 한밤중의 폐건물은 무서워요……."

아케노 씨, 코네코의 뒤쪽에서 모습을 드러낸 것은 겁먹은 표정의 아시아였다. 떠돌이 악마 토벌이 처음인 아시아는 후방에서 아케노 씨와 코네코에게 방해가 되지 않게 견학하고 있었다.

"다 모였지? 자, 떠돌이 악마 씨의 얼굴이나 구경하자."

부장님을 선두로, 우리는 키바가 제압한 상대에게 다가갔다.

복도 끝―― 막다른 곳에는 로브를 걸친 핼쑥한 사내가 어깨에 난 상처를 감싼 채 무릎을 꿇고 있었다. 키바는 한시도 그자에게서 눈을 떼지 않고 마검을 겨누고 있었다.

부장님이 한 걸음 앞으로 나서서 당당하게 웃으며 물었다.

"안녕, 떠돌이 악마 씨. 체크메이트야. 아니면 이 상황에서도 포기하지 않고 맞서 싸울 각오가 되었을까?"

부장님이 그렇게 말하자, 사내는 저항할 뜻이 없다는 듯이 두 손을 들어 올렸다.

"아뇨, 항복하겠습니다. 그레모리 가문의 공주님이 상대라면 승산이 없으니까요."

흐음, 의외로 순순히 항복하는걸. 일전의 떠돌이 악마 바이저처럼 끝까지 맞서 싸우다가 부원들에게 당하려나 했는데…….

"그럼 투항하고 명계에서 내리는 처벌을 순순히 받아들이겠다는 것으로 알면 되겠지?"

”……멋진 찌찌를 가지셨군요.“

부장님의 질문에 떠돌이 악마는 그렇게 답했다! 저 자식, 부장님의 찌찌를 뚫어지게 쳐다보며 음흉한 웃음을 흘리고 있어!

부장님이 눈을 가늘게 뜨며 다시 물었다.

"투항, 하는 거지?"

"……네."

부장님이 위협하듯 질문하자 남자는 고개를 끄덕였다―― 불길한 미소를 머금은 채…….

"좋아. 아케노, 이자를 구속한 후에 마방진으로 명계에 전송해 줘."

"알겠어요."

부장님의 명령에 따라, 아케노 씨는 "유감이군요. 더 저항해 주면 저도 즐길 수 있었을 텐데……." 하고 가학적인 면을 드러내면서도, 마력으로 사내를 구속했다. 마력으로 만든 밧줄로 사내를 포박한다. 밧줄에는 구속용으로 보이는 악마 문자가 떠올라 있었다. 구속이 끝나자마자 사내의 발치에 전송용 마방진이 전개됐다. 어둠 속에서 마방진의 빛이 눈부시게 빛났다.

결국 이걸로 끝인가. 일전의 바이저 때는 나는 활약하지 못했으니까, 이번에는 도움이 되려고 의욕을 내고 있었는데……. 부스티드 기어의 배가와 양도도 못 썼어……. 피닉스와 싸워서 조금은 강해졌다고 생각했는데 말이야. 키바나 아케노 씨에 비하면 아직 멀었구나. 에휴…….

낙심한 내 눈에―― 전이 마방진을 통해 사라지는 사내의 추악한 미소가 비쳤다.

"……할 일은 마쳤으니까요."

그 말을 남기며, 사내는 전송됐다──.

"할 일은 마쳤다고?"

나는 떠돌이 악마가 마지막에 남긴 의미심장한 말을 중얼거리며, 방에서 목욕할 준비를 하고 있었다.

떠돌이 악마를 토벌한 후, 우리는 해산했다. 라이저 피닉스와의 일전을 마치고 평소처럼 평화롭게 생활하고 있던 우리에게 느닷없이 떠돌이 악마 토벌 명령이 내려온 것이기 때문이다.

──그리고 그것도 방금 해결했다.

권속들은 토벌을 마치고 안도한 표정으로 각자 집으로 갔다. 하지만 나는 그 사내가 마지막에 중얼거린 말을 잊지 못했다.

주인의 곁에서 도망쳤고, 하고 싶은 일도 마쳤으니 잡혀도 괜찮다는 건가? 그 일은 대체 뭐지? 이야기에 따르면, 밤이면 밤마다 저 폐허에서 알 수 없는 실험을 했다던데……. 실험시설 같은 곳에서는 중요해 보이는 자료만 명계로 보냈고, 남은 시설은 우리가 전부 파괴했다.

마지막 순간까지 부장님 찌찌 감상이나 늘어놓은 떠돌이 악마. 나는 그게 마음에 걸렸다. 떠돌이 악마가 만든 벌레 마물도 아케노 씨의 가슴을 노렸다던데…….

끙. 내가 고민한다고 감이 올 것 같지는 않네. 뭐, 됐어. 오늘 피로도 풀 겸, 목욕이나 하자.

1층으로 내려간 내가 욕실에 들어섰을 때였다.

"어머, 잇세도 목욕하러 온 거니?"

——윽! 탈의실에서 반라 상태의 부장님과 대면?! 부장님의 목욕 타임이었나요오오오오오?! 게다가 이미 팬티만 걸치고 계신 상태였다! 가슴이! 찌찌가! 분홍색 부분까지 다 보이는데요! 엄청난 눈호강! 아니, 엄청난 타이밍이다!

게다가 부장님은 내가 보고 있는데도 가리려고 하지 않았다! 나한테 알몸을 보여줘도 아무렇지 않은 것 같다!

그렇다. 나는 떠돌이 악마가 했던 말을 깡그리 잊고 말았다.

약혼 파기 이후로, 부장님은 우리 집에서 하숙하게 됐다. 정확하게는, 부장님이 강제로 우리 집에 살게 됐다고나 할까⋯⋯!

그 후로 이런 에로에로한 해프닝이 일어나고 있다! 아침에 일어나 보니 부장님도 내 침대에서 자고 있다거나, 목욕하고 있는데 부장님이 아무렇지 않게 들어온다거나! 그런 일이 자주 일어 일어났다!

개인적으로는⋯⋯ 최고의 시추에이션! 더없이 행복한 생활이지만⋯⋯. 이런 해프닝이 일어나면 꼭 등장하는 인물이——.

"아앗! 부장님과 잇세 씨가 또 같이 목욕하려고 해요!"

우리 집에서 하숙하고 있는 또 한 명의 여자애—— 아시아다! 오오오오오, 아시아! 너는 이런 타이밍을 절대로 놓치지 않는구나!

"아시아도 목욕하러 왔니? 그럼 셋이서 같이 목욕하면 시간 낭비가 덜하겠네."

부장님은 이 상황에서 미소를 짓더니, 나와 아시아에게 그렇게 말했다!

　욕실. 나는 목욕 의자에 앉아 있었다.

　내 등을 씻겨 주고 있는 사람은——부장님!

　"역시 잇세도 남자구나. 등이 참 넓다니깐."

　부장님이 그렇게 말하면서 나를 씻겨 주고 있다! 손도, 발도! 욕실 거울 너머로 전라인 부장님이 보인다! 살색 천지다! 풍만한 찌찌가 출렁거리고 있다! 숨길 마음 자체가 없다니! 거울에 비친 부장님을 보는데 완전히 정신이 팔려 버렸다!

　조금만 더. 조금만 더. 이렇게 움직여 주면——.

　부장님의 손이 내 몸 앞으로 다가왔다.

　"앞쪽도 씻겨 줄게."

　——윽! 그건 안 된다! 나는 반사적으로 몸을 웅크렸다!

　"자, 숨기지 마."

　부장님이 억지로 내 가드를 무너뜨리려 했다!

　말카아아앙.

　——으윽! 등에 닿은 이 부드럽고, 말랑말랑한 감촉은 설마! 찌찌인가!

　부장님이 내 가드를 무너뜨리기 위해, 등에 딱 붙었다! 젠장! 여자 몸의 부드러운 감촉이 내 몸에 전해지면서 큰일이 날 것만 같다!

"아, 아뇨! 아, 아무리 그래도 그건 좀……!"

저항해 봤지만, 부장님은 물러나지 않았다.

"부끄러워할 필요 없어. 잇세의 알몸은 자주 봤는걸. 새삼스럽지 않아?"

새삼스러운가요?! 그럴지도 모르지만, 앞은 직접 씻을게요!

그것보다 이 욕실에는 한 명 더 있다고요! 아까부터 욕조 안에서 우리를 견학하고 있는 여자애가요!

"그, 그렇지만! 아시아도 있는걸요!"

그렇다. 욕조에는 아시아가 있는데, 얼굴을 새빨갛게 붉히고 우리를 빤히 보고 있었다!

"하으윽! 잇세 씨와 부장님이…… 알몸으로 서로를 씻겨 주고……!"

욕조에서 얼굴만 밖으로 내민 아시아는 콩닥거리는 가슴을 끌어안고 우리에게 관심을 주고 있었다! 아시아가 이런 야한 짓에 흥미를 가지다니! 교회에서 자란 아시아에게는 너무 자극적일지도 몰라!

아시아를 본 부장님은 손을 멈추며 한숨을 쉬었다.

"하긴, 내 권속 스킨십은 아시아에게 자극이 너무 강할지도 몰라."

아무래도 포기해 준 것 같다. 하지만 이 격렬한 후회는 뭐지? 앞쪽도 씻겨달라고 할 걸 그랬나?! 하, 하지만 아시아가 보는 데서 그런 짓은……! 젠장! 내가 좀 더 주변머리가 좋았으면 더 엄청난 짓도……!

강렬한 후회를 느끼면서도 나는 남은 부분을 씻은 후, 비누 거품을 샤워로 씻어냈다.

몸을 씻은 내 손을—— 부장님이 잡았다.

"그건 그렇고, 슬슬 드래곤의 힘을 뽑아내지 않으면 왼팔이 드래곤으로 변하겠네."

아, 벌써 그럴 시기인가. 부장님의 말대로, 나는 라이저한테서 부장님을 되찾으려고 적룡제 드레이그에게 왼팔을 대가로 지불하고 막대한 파워를 얻었다. 그 결과, 내 왼팔은 드래곤의 팔이 되어버렸다.

지금은 부장님과 아케노 씨 덕분에 평범한 팔이 됐지만, 정기적으로 드래곤의 힘을 팔에서 뽑아내지 않으면 빨간 비늘이 잔뜩 달린 팔이 되고 만다.

"나 때문에 이렇게……."

부장님은 내 왼팔을 잡은 채, 비애에 찬 표정으로 그렇게 중얼거렸다.

부장님이 그런 표정을 지을 필요 없어요. 나는 고개를 저으며 말했다.

"저는 후회 안 한다고 말했잖아요. 부장님이 신경 쓸 필요 없어요."

"잇세……."

부장님의 눈이 촉촉이 젖어가는 가운데, 내 왼팔을 잡은 손에 더 힘이 들어갔다. 그렇다. 부장님이 이렇게 돌아왔다. 이보다 더한 행복은 없다. 팔 한 짝을 대가로 치를 가치는 충분히 있다.

바로 그때 욕실 문이 열렸다. 그리고 나타난 것은——.

"어머어머, 분위기가 참 뜨거운데 훼방을 놓은 걸까요."

실오라기 하나 걸치지 않은 아케노 씨였다! 내 눈에 커다란 가슴이 쏙 들어왔다! 아, 아케노 씨의 찌찌! 역시, 큼지막해! 부장님과 동급! 아니, 그 이상일지도 몰라!

아케노 씨의 등장에 부장님은 깜짝 놀랐다.

"아케노! 여기에는 왜 온 거야?"

아케노 씨는 미소를 지으며 답했다.

"우후후, 잇세 군의 팔에서 드래곤의 힘을 뽑아야 할 즈음이라고 생각해서 말이죠. 그리고 일을 마친 직후이니 목욕하고 있을지도 모른다고 생각했답니다."

아케노 씨는 그렇게 말하면서 욕조의 물을 바가지로 퍼서 자신의 몸에 뿌린 후, 뒤돌아서 부장님이 잡은 내 손을 빼앗았다.

"자, 드래곤의 힘을 뽑아내겠어요."

아케노 씨는 입을 살짝 벌리더니—— 내 왼손의 검지를 물었다! 그리고 쪽 쪽 하고 빨기 시작했다!

드래곤의 힘을 뽑아내는 방법. 그것은 마력이 강한 악마가 직접 빨아내는 것이다! 드래곤의 팔이 된 후, 부장님과 아케노 씨는 이런 식으로 내 팔에서 드래곤의 힘을 뽑아내고 있다!

큭~! 아케노 씨의 입안은 따뜻하고 매끄러울 뿐만 아니라, 부드러워! 무엇보다 혀가 손가락을, 쪽, 쪽! 때때로 손끝을 핥아주니 버틸 수가 없다!

그리고 눈앞에 펼쳐진 아케노 씨의 알몸! 찌찌, 허벅지! 코피가 쉴 새 없이 쏟아져! 뚫어지게 보고 말아요! 이 광경에서 눈을 뗀다는 건 천벌 받을 짓이나 다름없어!

머릿속 보존, 머릿속 보존! 오늘 밤에는 내 머릿속에서 축제가 펼쳐지겠는걸!

"후후후, 기분 좋아 보이는군요? 더 빨아드릴게요."

아케노 씨는 더 세게 내 손가락을 빨았다! 사디스트다! 아케노 씨의 가학적인 면이 내 반응을 즐기기 시작했어!

나는 뇌가 녹을 것 같았다! 그런 내 손을 부장님이 또 빼앗았다. 아케노 씨의 입에서 손가락이 해방된 순간, 침이 자아낸 실이 에로틱해요!

"오늘은 내 차례잖아!"

언짢은 듯이 한쪽 눈을 치켜뜬 부장님이 그렇게 선언했다. 그야 지난번에도 아케노 씨가 했으니까, 이번에는 부장님 차례가 맞기는 하는데…….

바로 그때, 부장님이 내 손가락을 빨기 시작했다!

쪼오오오오옥.

우왓! 부장님의 입안도 관능적인 감촉이야!

"우후후, 부장님도 참. 하지만 저도 부장님에게 지지 않을 거랍니다."

그렇게 말한 아케노 씨가 내 왼손을 부장님에게서 빼앗더니, 그대로 입에──.

"잠깐만, 아케노!"

이번에는 부장님이! 그런 식으로 부장님과 아케노 씨가 내 손을 자기가 빨겠다며 욕실에서 쟁탈전을 벌이기 시작했다! 드래곤의 힘이 완전히 빠져나가서 상태가 호전됐지만, 두 사람의 쟁탈전은 중단되기는커녕 더욱 가속하고 있었다!

내, 내 손이 이쪽으로 갔다, 저쪽으로 갔다 하고 있어……! 기분이 좋긴 하지만, 슬슬 피곤한데요!

"하으응! 왠지 엄청 야해요!"

욕조 안에 있는 아시아가 조마조마한 표정으로 이 광경을 보고 있을 때…….

아케노 씨가 느닷없이 질문을 던졌다!

"아시아 양도 해 볼래요?"

어어어어어어어어엇?! 이런 상황에서 아시아도 참전하는 건가요?! 내 손, 대체 어떻게 되는 거야?!

"이 자리에 코네코가 없는 게 참 아쉽군요."

내 머릿속에는 욕조에 몸을 담근 코네코가 '에췌.' 하고 귀엽게 재채기를 하는 광경이 떠올랐다. 뭐, 코네코가 여기 있었다면 나를 날려 버렸을 것 같은데.

"그럼 아시아에게는 내가 가르쳐 주겠어."

"아뇨, 제가 가르쳐 주겠어요."

"정말! 아케노! 내가 하는 일에 끼어들지 좀 마! 『킹』은 나란 말이야!"

"어머어머, 이럴 때 『킹』의 특권을 쓴다는 건 여유가 없다는 증거 아니려나요?"

"으으으으으!"

왠지, 부장님과 아케노 씨가 말다툼을 벌이기 시작했다. 아시아도 누구 편을 들면 좋을지 모르겠는지, 욕조에서 "지, 진정하세요!"라고 말하며 두 사람을 달래려 했다.

이대로 가면 안 되겠단 생각이 들었다. 두 사람의 다툼에 휘말려서 큰일이 날 것 같다. 에로틱하고 외설적인 광경이 눈앞에 펼쳐져 있지만, 신변의 위험을 느낀 나는 몰래 욕실 밖으로 탈출했다!

$$-\circ\,\bullet\,\circ-$$

다음 날, 나는 교실의 내 자리에서 헤벌쭉거리고 있었다. 어젯밤에 욕실에서 본 광경을 머릿속으로 재생하면서 말이다. 하지만 누님들의 싸움에 휘말리는 건 사양하고 싶다. 권속 최강인 두 사람이 제대로 다투기 시작하면, 내 몸이 버티지 못한다고……

내가 도망친 뒤에 욕실에서 나온 아시아는 지칠 대로 지친 표정이었고…….

아~ 그래도 자극적인 하룻밤이었다. 부장님이 우리 집에 온 후로 에로틱한 상황에 자주 마주치는 것 같네……. 으흐흐. 행복한걸.

"여어! 잇세! 너 왜 표정이 그 모양이냐!"

마츠다가 내 뒤통수를 때리며 나타났다. 모토하마가 그 옆에 있었다.

"무슨 일이야, 마츠다."

내가 째려보며 머리를 문지르자, 마츠다가 내 멱살을 잡았다! 표정이 분노로 가득 차 있었다.

"요즘, 리아스 선배와 같이 등교하는 일이 잦잖아! 어떻게 된 거야! 그러고 보니 하교도 같이 하지?!"

모토하마도 캐물었다.

"그래. 아무리 같은 오컬트 연구부 소속이라고 해도, 등하교를 같이하는 건 수상함 폭발이라고. 둘이서 팔짱을 끼고 하교했다는 소문도 들었거든?"

오오, 그 일 말이구나. 뭐, 한집에서 사니까. 같은 방향으로 등하교를 하는 건 어쩔 수 없다. 아니, 부장님은 라이저와의 일 이후로 나를 더 귀여워하거든. 팔짱을 끼고 하교하는 건 물론이고, 집에서도 무릎베개나 포옹 같은 걸 해 준다고요! 권속으로서 더없이 행복해!

"뭐, 내 누님이니 말이야."

우쭐대며 말하자, 색골 2인조가 이를 갈며 당장에라도 피눈물을 흘릴 듯한 표정을 지었다.

흐흥! 나는 이대로 너희를 뛰어넘어 주겠어!

——그때, 정신을 차린 마츠다가 문득 생각난 투로 말했다.

"참, 들었어? 요즘 이 학교에 다니는 여자애 중 일부가 결석하거나 조퇴하는 일이 잦대."

그 말은 처음 들었다.

"무슨 소리야? 처음 듣는걸."

"들기로는 여학생 한정으로 몸 상태가 나빠지는 일이 빈발한다나 봐. 전염병인가 했는데, 병원에 가 보면 단순한 빈혈이라고 한대."

마츠다에 이어 모토하마가 설명을 이어갔다.

"그리고 문제는 여기서부터야. 몸 상태가 이상하다고 호소하는 여자애한테는 공통점이 있지. ──전부, 글래머라는 거야."

나는 어처구니없다는 듯한 반응을 보였다.

"그, 글래머 한정? 그게, 사실이야?"

내가 묻자, 모토하마는 고개를 끄덕였다.

"이 학교에 다니는 모든 여자애의 데이터를 가지고 있는 내 말이니 틀림없다고. 모두가 몸매가 끝내주는 여자애들이야."

왜 몸매가 끝내주는 여자애들만? 뭔가 글래머만 걸리는 새로운 병이라도 발생한 걸까? 그것도 쿠오우 학원 한정으로? 이야기를 들어선 다른 학교에는 퍼지지 않은 것 같은데…….

──아.

갑자기 어젯밤에 본 떠돌이 악마가 머릿속에 떠올랐다. 찌찌에 집착하는 악마와 글래머 여자애들만 몸이 아픈……. 뭔가 있는 듯한……!

…………

음. 고개를 갸웃거렸지만, 답을 찾지 못했다. 점심때 부장님에게 물어볼까.

점심시간. 나는 아시아와 함께 부실에 와서 점심을 먹고 있는 데…….

"자아~ 아앙~."

부장님이 젓가락으로 달걀말이를 내밀며 '아앙~'을 해 줬다. 부실에는 나와 부장님, 아시아, 아케노 씨밖에 없다. 키바와 코네코는 볼일이 있어서 나갔다.

"아, 아~."

나는 당황하면서도 입을 벌리며 달걀말이를 먹었다. 입안에 단맛, 감칠맛, 적당한 짠맛이 퍼져나갔다. 음, 맛있어! 부장님의 수제 도시락을 마음껏 즐기고 있다고!

"우후후, 맛있어?"

부장님은 미소를 지으며 물어봤다. 나는 힘껏 고개를 끄덕였다!

"아, 네! 맛있어요!"

"그래? 다행이야."

부장님도 기분이 좋아 보였다. 요즘 부장님은 나를 위해 아침 일찍 도시락을 만들어 준다. 정말 감사하지만, 이런 대접을 받아도 되는가 싶어 황송하기도 했다……. 하지만, 영광스럽고 행복한 건 사실입니다! 캬~ 최고야! 반한 여자가 '아~앙'을 해 주다니, 꿈만 같은 일이잖아!

나와 부장님의 점심 식사 풍경을 보던 아케노 씨가 의미심장한 미소를 지었다.

"어머어머, 아직 점심때인데 참 열정적이군요."

"으으, 저도 도시락을 싸 왔는데……."

아시아는 자기가 먹을 도시락이 아니라 다른 도시락을 손에 쥔 채 울상을 짓고 있었다. 맙소사! 아시아도 싸 왔구나!

"무, 물론, 아시아가 준 도시락도 먹을 거야!"

나는 아시아한테서 도시락을 받아서 재빨리 뚜껑을 열었다. 부장님이 만든 도시락만큼은 아니지만, 내용물이 꽤 화려했다. 문어 모양 비엔나 소시지와 달걀말이도 있는 정석적인 도시락이다. 나는 그것을 입에 넣었다. 아, 이건……!

"응! 맛있어!"

빈말이 아니다! 정말 맛있어! 그리고, 이건…….

"엄마의 손맛이야. 엄마한테 요리를 배운 거야?"

내가 묻자, 아시아는 부끄러운 듯이 몸을 배배 꼬면서 "네."라고 대답했다.

오오, 기쁜걸! 우리 집안의 맛을 익혔구나! 그래, 엄마한테 배운 거였어. 내 머릿속에서는 기쁜 표정으로 아시아에게 도시락을 만드는 법을 가르쳐 주는 엄마의 모습이 떠올랐다.

"다행이에요. 연습한 보람이 있어요."

아시아는 안도했다. 부장님이 그 광경을 보며 작게 웃었다.

"우후후, 아시아도 꽤 하잖아."

아시아가 도시락을 싸 온 것을 흐뭇하게 여기는 것 같았다.

"지, 질 것 같지만, 지, 지고 싶지 않거든요."

"너보단 후발주자지만, 나도 지지 않겠어."

그렇게 말한 아시아와 부장님이 동시에 쓴웃음을 머금었다.

무, 무슨 소리지? 두 사람 사이에서 뭔가 흐르지 않았나요?

내가 의아한 눈길로 두 사람을 쳐다보고 있을 때였다. 시야 구석에 찬란한 빛이 비쳤다.

부실 중앙을 보니, 연락용 마방진이 빛으로 원을 그리고 있었다.

그것을 본 아케노 씨가 말했다.

"어머, 부장님. 저 마방진은——."

"응, 맞아."

부장님이 뭔가를 이해한 듯이 고개를 끄덕였다. 그 순간, 빛이 커지면서 마방진에 뭔가가 투영됐다. 사람—— 정확히는 은발 메이드의 입체 영상이었다.

『아가씨, 잘 계셨는지요.』

인사를 건넨 이는 바로—— 그레이피아 씨! 라이저와의 일 때, 나를 간병해 준 후로 처음 본다. 마방진으로 연락? 그레이피아 씨가? 무슨 일이 일어난 걸까?

부장님이 갑작스럽게 연락한 이유를 물었다.

"안녕, 그레이피아. 무슨 일이 생긴 거지?"

『네. 어젯밤, 아가씨께서 토벌하신 떠돌이 악마와 관련된 일입니다.』

——떠돌이 악마.

어젯밤의 그 녀석이구나. 그레이피아 씨는 그 떠돌이 악마에 관해 보고하기 시작했다.

"즉, 그 떠돌이 악마는 마물 전문 연금술사인 거구나?"

설명을 들은 부장님이 그레이피아 씨에게 그렇게 물었다.

『네. 주인인 상급 악마의 증언과—— 본인의 자백으로 확인 됐습니다.』

"그런데, 뭐가 문제인 거야?"

『그 떠돌이 악마는 이 마을에 합성수—— 키메라를 하나 풀어 놨다고 합니다.』

그 보고를 들은 부장님과 아케노 씨의 표정이 약간 딱딱해졌 다. 하, 합성수? 키메라? 키메라라면 여러 마물이 뒤섞인 생물 이지? 내가 아는 건 그 정도다.

"그 키메라의 특징은 어떻게 돼?"

『네. 명계의 식수 생물과 드래곤의 키메라라고 합니다.』

"시, 식……수?"

내가 들어본 적 없는 단어라서 고개를 갸웃거리자, 아케노 씨 가 가르쳐줬다.

"명계에는 마수를 양분으로 삼는 거대한 식물이 있답니다."

와, 명계에선 그렇게 위험한 게 자라는구나……. 마수를 먹이 삼는다니, 완전 요괴 식물 같은 거 아냐……? 으으, 무서워라.

부장님은 그레이피아 씨의 설명을 듣더니, 턱에 손을 댔다.

"그 식수 생물과 드래곤의 키메라……. 드래곤과의 키메라라 면 위험하겠네. 안 그래도 드래곤은 생물 중에서 최강으로 일컬 어지는데……."

드래곤은 최강의 생물——. 라이저 때도 드래곤은 악마나 천 사와 다른 힘의 결집체란 설명을 들었지. 그게 나한테도 깃들어 있어…….

『이것으로 통신을 마칩니다. 다른 정보가 들어오면 즉시 연락을 드리겠어요.』

"응, 잘 부탁해."

『그럼 실례하겠습니다.』

그레이피아 씨의 입체 영상이 그 말을 끝으로 마방진과 함께 사라졌다.

"부장님, 귀환했습니다."

외출했던 키바와―― 코네코가 돌아왔다.

"……다녀왔어요."

두 사람을 본 부장님이 자신만만한 어조로 물었다.

키바와 코네코는 웬지 표정이 딱딱해 보였다.

"유우토, 코네코, 수고가 많아. 표정을 보니 수확이 있었나 보네?"

키바는 고개를 끄덕였다.

"네, 찾아냈습니다. 이 학교의 여자를 노리는 존재를――."

Life.2 오컬트 연구부 VS 찌찌 키메라!

한밤중의 쿠오우 학원.

부장님은 키바에게 보고를 받더니, 밤이 될 때까지 기다리기로 했다. 그리고 한밤중이 되자 행동을 개시했다.

우리는 현재 쿠오우 학원 고등부 부지와 대학부의 부지 사이에 있는 잡목림을 지나고 있다. 키바와 코네코가 선두, 그 뒤를 나, 부장님, 아케노 씨, 아시아가 뒤따르고 있다.

"그럼 부장님도 소문을 조사하고 있었던 건가요?"

나는 걸음을 옮기면서 부장님에게 물었다.

"응. 이 학교를 관리하는 건 그레모리 가문이야. 이 학교에서 발칙한 행위를 하는 자가 있다면 만 번 죽어 마땅해. 그래서 유우토와 코네코에게 은밀히 조사를 명한 거야."

아하, 내가 마츠다네한테 들은 정보가 부장님 귀에도 이미 들어갔던 거구나. 그리고 독자적으로 조사하고 있었던 거야. 키바와 코네코는 조사를 통해 범인을 찾은 거고. 그 범인이 이 잡목림에 있는 건가.

나아가던 키바와 코네코가 걸음을 멈추고 잡목림에서 약간 트인 장소로 나섰다. 그곳에는——.

부장님이 그것을 보고 경악했다.

"이건⋯⋯!"

우리의 눈앞에 나타난 것은── 징그러울 정도로 우거지게 자란 식물 같은 것이었다! 수많은 줄기가 엉켜서 만들어진 듯한 그 존재의 가장 위에는 커다란 꽃잎이 달렸고, 지면은 무수한 뿌리 같은 것으로 뒤덮여 있었다.

중심 부분이 붉게 빛나더니, 마치 맥박치듯 꿈틀거렸다.

"식물 마물? 아냐, 이건──."

부장님의 시선이 향하는 곳을 보니── 꽃잎 중심에 드래곤의 머리 같은 것이 있었다! 저건 드래곤이야! 일단 꿈속에서 드래곤을 본 적 있고, 아시아의 사역마인 조그마한 드래곤도 본 적 있는데, 저 녀석은 그것들과 흡사하게 생겼어!

"합성수── 키메라군요. 그레이피아 님이 말씀하신 게 저것 같아요."

아케노 씨는 꽃을 올려다보며 그렇게 말했다. 이것이⋯⋯ 키메라! 그레이피아 씨가 말한 대로, 식물과 드래곤의 키메라 같다. 우와~ 징그럽달까, 완전히 괴물이네. 크기는 6, 7미터 정도 될까? 역시 커!

"──! 숨어. 누가 이쪽으로 다가와."

부장님이 그렇게 말했기에, 우리는 커다란 나무 쪽에 숨었다.

숨어서 키메라 쪽을 살펴보니── 비틀거리는 누군가가 다가오고 있었다. ──여자다. 젊다. 나이로 볼 때 여고생일까?

"저 사람은 쿠오우 학원의 학생이에요. 본 적 있어요."

아케노 씨가 그렇게 말했다. 맙소사, 우리 학교 학생이구나!

그 여학생은 식물 키메라에게 다가가더니—— 걸음을 멈췄다. 그리고 키메라가 조용히 움직이기 시작하더니, 여학생에게 촉수 하나를 날렸다!

여학생의 온몸을 감싼 촉수가—— 꿀꺽꿀꺽하고 맥박치기 시작했다! 그 광경은 마치 여학생에게서 뭔가를 빨아들이는 것만 같았고——.

몇 분 후, 촉수는 여학생을 해방했다. 여학생은 아까보다 지친 듯한 모습이었지만, 생명에는 지장이 없어 보였다.

그 여학생은 비틀거리면서 이 자리를 벗어났다. 그 모습을 관찰한 부장님이 중얼거렸다.

"아하, 저렇게 표적으로 삼은 여학생에게 술법을 걸어서 밤마다 여기로 부르는구나. 그리고 생기를 흡수해서 양분으로 삼는 거야."

맙소사! 저 키메라는 그런 짓을 할 수 있는 거구나!

내가 깜짝 놀랐을 때, 부장님은 분통한 표정을 지었다.

"우리에게 들키지 않고 이 학교에서 이만큼 자라다니…….
명백한 내 불찰이야."

"아뇨, 그렇다고 할 수도 없어요. 이 키메라는 미리 기척을 감추는 술식—— 환술을 자연스럽게 발현하도록 만들어진 것 같아요."

아케노 씨가 말하자, 부장님은 탄식했다.

"그 떠돌이 악마 연금술사, 대단한 키메라 술사였나 보네. 어쨌든, 우리에게 들켰으니 저 녀석도 명운이 다했어. 이대로 없 애버리자."

부장님의 말을 들은 권속 전원이 고개를 끄덕였다. 나도 마른 침을 삼키며 각오를 다진 후, 고개를 끄덕였다! 그리고 건틀릿 을 출현시켰다! 좋아! 배틀 개시다!

우리는 공격 자세를 취하고 키메라 앞으로 뛰쳐나갔다.

그러자 키메라의 분위기가 확 바뀌고, 드래곤 모양을 한 머리 를 쳐들고 무시무시한 눈으로 우리를 쳐다보았다! 살의를 마구 내뿜는걸! 수많은 촉수도 움직이기 시작했어!

"어머, 저희의 공격적인 아우라를 느끼고 방어본능이 깨어난 것 같군요."

손에 전기를 발생시킨 아케노 씨가 미소를 지었다. 코네코는 기합을 넣듯 두 주먹을 마주댔다.

"……잘됐네요. 날려 주겠어요!"

"그래. 이 학교의 평화를 위협하는 건 없애야 해."

키바는 마검을 소환했다. 나도 건틀릿을 내밀면서, 키메라를 상대로 소리쳤다!

"좋아! 덤벼 보라고, 식물 키메라!"

<u>우오오오오오오오오오!!</u>

내 목소리를 들은 키메라가 격렬한 소리를 냈다!

그것이 싸움의 시작을 알리는 신호가 됐다! 키바와 코네코가 달려들면서 촉수를 베거나 쥐어뜯는다! 그 뒤를 이어서 아케노 씨의 전격과 부장님의 멸망의 일격이 꽂혔다!

『Boost!』

나도 건틀릿의 배가 능력을 쓰며 적의 촉수 공격을 피했다!

키메라의 촉수는 우리의 공격으로 간단히 파괴할 수 있다! 하지만, 숫자가 어마어마한 탓에 아무리 해치워도 새로운 촉수가 출현해서 우리를 공격했다!

촉수를 겹쳐서 휘두르거나, 방패로 삼으며 공격과 수비를 절묘하게 펼친다! 이 녀석, 의외로 머리가 좋잖아!

"큭! 아무리 베어도 끝이 없어! 재생력이 우리의 공격을 능가하는 거야!"

키바가 투덜거렸다! 그래! 촉수는 베거나 찢거나 불태워도 순식간에 재생해서 아무 일도 없었던 것처럼 공격을 재개해! 이래선 끝이 안 나!

『Explosion!!』

"배가 완료! 드래곤샷이다!"

배가를 마친 내가 드래곤샷을 날렸지만—— 거대한 몸을 절묘하게 움직여서 아슬아슬하게 피했다! 그딴 것도 할 수 있는 거냐!

"드래곤의 유전자를 지닌 탓에, 온갖 속성에 대한 내구성도 뛰어난 것 같군요!"

불, 얼음, 번개 등, 다양한 속성 공격을 펼치던 아케노 씨의 미소에도 심각함이 어렸다.

부장님의 멸망의 마력 또한 촉수에 닿자마자 순식간에 표적을 무로 되돌렸지만, 재생력이 그것을 능가했다!

"단순한 키메라치고는 너무 강해! 인간계의 공기와 흙, 그리고 이 학교 학생의 생기가 잘 맞았나 보네! 기존 이상의 스펙을 발휘하고 있는 것 같아!"

부장님도 혀를 내두르는 것 같았다! ——바로 그때, 키메라의 촉수가 부장님의 몸에 휘감겼다! 부장님만이 아니라 아케노 씨, 아시아, 코네코도 당했다!

"초, 촉수가……!"

"어머어머, 엉큼한 촉수로군요."

여자 멤버들이 그대로 허공으로 끌려갔다! 부장님과 아케노 씨는 촉수를 끊으려고 했지만, 미끄러운 점액 같은 것이 분비되는 탓에 손이 미끄러져서 힘을 발휘할 수 없어!

——큭! 내 시야에 엄청난 광경이 펼쳐졌다!

슈와아…… 하고 뭔가가 녹는 소리를 내며, 여자 멤버들의 교복이 흐트러졌다!

"이 촉수…… 표면을 감싼 점액으로 옷을 녹이는 것 같아!"

아케노 씨의 가슴이! 허벅지가! 드러나고 있어어어엇!

"……끈적끈적해서 기분 나빠요."

"으으으, 미끌미끌하고 끈적끈적한 게…… 옷까지 녹아버렸어요!"

코네코는 촉수를 손으로 때리며 질색하는 표정을 지었다! 아시아는 울상을 짓고 있다! 코네코와 아시아의 옷도 녹았어!

"게다가 마력 운용을 방해하는 효과도 있는 것 같네……. 멸망의 마력을 발동할 수가 없어."

부장님은 아우라가 불안정해진 것 같다! 그런 부장님의 옷도 다 녹아버려서, 풍만한 가슴이 모습을 드러냈다!

"저도 전격을 쓸 수가 없군요."

"……쥐어뜯으려고 해도 미끈거려서 힘을 줄 수가 없어요."

　아케노와 코네코도 힘을 발휘하지 못했다. 저 촉수한테서 마력 사용을 방해하는 게 나오는 거구나! 이대로 있다간 여자 멤버들이 모두 알몸이 된다! 그, 그건 멋진 일이지만 말이다!

"잇세! 구경하지만 말고 너도 싸워!"

　부장님이 자기를 뚫어지게 보는 내게 소리쳤다! 옳으신 말씀입니다!

"아, 네!"

　다시 힘을 모아서 드래곤샷을 날리려던 순간이었다. 아시아와 코네코를 잡고 있던 촉수가 두 사람을 해방했다.

　마음을 바꿨나? 하지만 부장님과 아케노 씨는 여전히 잡혀 있다!

"왜, 아시아와 코네코만 놔준 거야? 아앙!"

　부장님이 요염한 목소리를 냈다! 새로운 촉수가 부장님과 아케노 씨를 향해 날아가고—— 그 새로운 촉수는 끝부분이 빨판처럼 생겼는데, 그것이 부장님과 아케노 씨의 가슴에 달라붙었다.

　꿀꺽꿀꺽꿀꺽…….

　빨판에 달린 촉수가 맥박치면서, 부장님과 아케노 씨의 가슴에서 뭔가를 빨아내기 시작했다!

"이, 이건……! 하웅! 가, 가슴만 집요하게 노리기 시작했어요! 가슴을 통해 생기를 빨아들이는 것 같군요…… 아웅!"

아케노 씨가 빨판이 달린 촉수의 공격에 당한 탓에, 핑크빛 신음을 토했다!

"어, 엉큼하게 움직이네……. 아앙……!"

부장님도 빨판의 촉수 공격에 농락당하고 있는 것 같다!

정말, 끝내주…… 아냐! 진짜 야한…… 아, 아냐! 정말, 무시무시한 공격이야! 여자의 찌찌에 들러붙어서 생기를 빨아먹는 거냐!

나도 부장님과 아케노 씨의 생기를 빨고 싶어! 이익, 키메라 자시이이이익! 나는 키메라를 향해 질투의 불꽃을 불태웠다!

──바로 그때, 키바가 뭔가를 눈치챈 것처럼 외쳤다.

"그리고 보니 소문에 따르면 몸매가 좋고 가슴이 큰 여성만 몸상태가 나쁘다고 호소하고 있댔어! 이 키메라가 그 원인이라면, 이건……!"

그, 그래! 그렇게 된 거구나! 나도 납득했다! 이 녀석은, 이 키메라의 정체는──!

"글래머만 노리는 키메라! 찌찌로 생기를 빠는 거야!"

──큭! 내가 그 사실을 이해한 순간, 조그마한 마방진의 빛이 내 눈에 비쳤다. 빛이 원을 그리더니, 거기서 입체영상인 그레이피아 씨가 출현했다! 이건 통신용 마방진이다!

대체 어떻게 된 거지?! 나와 권속들은 의아해하며 쳐다봤다! 영상의 그레이피아 씨가 입을 열었다.

『아가씨, 새로운 정보가 들어왔습니다.』

"이 상황에서 무슨 소리를 하는 거야, 그레이피아! 흐응!"

『상급 악마의 숙녀라면 자고로 어떤 상황에서도 망측한 소리를 내선 안 됩니다.』

담담한 투로 그렇게 말하는 그레이피아 씨와 달리, 부장님은 치욕을 참으며 외쳤다.

"됐으니까 빨리 그 새로운 정보를 알려줘! 아앙!"

『네. 그 떠돌이 악마가 키메라의 정체를 실토했습니다. 가슴이 큰 여성에게서 생기를 빨아내는 키메라를 만들었다고 합니다.』

"그건 이미 알아! 지금 내가 그걸 당하고 있어! 하응!"

그레이피아 씨가 돌아보더니, 키메라를 확인하자마자 놀라면서 대화를 이어갔다.

『이 키메라에는 이해할 수 없는 능력을 부여한 것 같습니다. 이야기를 들어보니, 빨아들인 생기를 양분으로 삼아 열린 과실을 섭취하면 아무리 가슴이 작은 여성이라도 풍만한 사이즈가 된다고 합니다. 떠돌이 악마의 말로는 '가슴이 작은 건 죄다. 가슴이 작은 건 잔혹하다. 그렇기에 세상을 글래머 천지로 만들겠다! 그러면 여성의 마음도 넓어져서, 남성도 꿈을 품고 날아오를 수 있어!' 라고 하더군요.』

──윽.

나는…… 이 정보를 듣고 머릿속이 새하얗게 됐지만, 다음 순간──눈물이 터져 나왔다!

정말이지…… 정말! 장대한 꿈이야……!! 떠돌이 악마의 야망을 듣고, 진심으로 전율했다! 그래! 그런 꿈도 괜찮은 거구나! 찌찌 사이즈에 고민하는 여성을 위해 만들어낸 궁극의 키메라! 이렇게 멋진 야망을 실현하려 하다니……!

나는 마음속으로 그 떠돌이 악마를 존경할 수밖에 없었다! 그래서 그 악마는 부장님의 가슴을 뚫어지게 봤고, 사역마인 벌레도 가슴을 노린 것이다! 가슴을 향한 집착에서 비롯된 행동 이념! 주인을 배신하면서까지 바란 꿈의 실현! 조금 감탄하겠어!

우직우직……! 내 뒤쪽에서 뭔가가 격렬하게 부서지는 경쾌한 소리가 들렸다. 뒤돌아보니——나무를 통째로 뽑은 코네코가 분노에 찬 표정으로 격노의 아우라를 뿜고 있었다!

"……가슴이 작은 게 죄라고요? 가슴이 작은 건 잔혹하다고요? 용서할 수 없어요! 가루로 만들어 주겠어요!"

부우우웅! 나무를 휘둘러서 키메라의 촉수를 전부 날려 버렸다! 무서워! 떠돌이 악마의 말에 코네코 님이 분노에 휩싸였어!

"으으으, 어, 어차피, 저는 부장님이나 아케노 씨만큼 가슴이 커지진 않을 거예요!"

아시아도 분한 것처럼 울상을 지었다! 에이, 아시아는 이제부터 커질 거야!

"잇세 군! 부장님들은 나한테 맡기고, 본체를 공격해 주지 않겠어?"

키바가 촉수를 마검으로 베어 넘기며 그렇게 말했다.

어이, 잠깐만 있어! 기다려 보라고, 미남!

나는 키메라 앞에 서서, 감싸듯 말했다!

"이 녀석을 눈감아 주세요! 이 녀석은…… 이 세상 남자들의 꿈을 실현해 줄 최고의 키메라라고 생각해요!"

내가 눈물을 흘리며 필사적으로 호소하자, 부장님이 분노를 터뜨렸다!

"잇세, 무슨 소리를 하는 거니! 정말! 이럴 때, 색골 스위치가 켜지면 어떻게 해!"

"어머어머, 곤란하네요."

아케노 씨도 쓴웃음을 지으며 그렇게 말했다!

나는 키메라의 촉수를 손으로 찰싹찰싹 때리면서도 감싸듯 말했다!

"이 녀석이 있으면 가슴이 작아서 고민하는 여자들의 문제가 해결돼요! 그리고 떠돌이 악마가 말한 것처럼 그런 찌찌를 보면 남자들도 힘이 나겠죠! 적어도 저는 힘이 날 거예요! 네, 찌찌만 있으면 얼마든지 힘을 낼 수 있다고요!"

"……됐으니까, 빨리 비키세요. 저 키메라는 제 적이에요!"

코네코는 커다란 나무를 던지려 했다! 박력 넘치는 무시무시한 표정이었다! 무서워! 하지만, 물러날 수 없어!

저기 좀 봐! 찌찌에서 빨아먹은 생기로 키메라의 몸에 과일이 맺혔어! 저걸 먹으면 코네코도 가슴이 커질 거야!

그사이 키바가 마검으로 촉수를 잘라서 부장님과 아케노 씨를 해방시켰다.

해방된 부장님은 탄식을 터뜨리더니, 자기 가슴과 아케노 씨의 가슴을 손가락으로 가리켰다.

"저 키메라를 해치우면, 나와 아케노의 가슴을 하룻밤 동안 마음대로 해도 돼."

——윽! 부장님의 말이 내 온몸을 휩쓸고 지나갔다! 다음 순간, 나는 키메라를 돌아본 후, 손가락으로 가리키며 선언했다!

"너는 내가 깨부숴 주겠어! 각오해!"

네! 눈앞에 있는 찌찌의 유혹은 떨쳐낼 수 없었습니다! 만질 수 없는 찌찌보다, 만질 수 있는 찌찌! 나는 이 키메라를 섬멸할 겁니다!

"잇세! 양도의 힘을 나한테 써!"

부장님이 그렇게 외치자, 나는 세이크리드 기어의 힘을 끌어올렸다!

"맡겨 주세요!"

『Boost!!』

모두가 키메라의 촉수 공격과 강력한 산성액 공격을 피하면서, 나는 부스티드 기어의 힘을 끌어올렸다! 그리고——.

"부장님! 이 힘을 양도할게요!"

『Transfer!!』

건틀릿에서 발생한 붉은색의 막대한 아우라가 부장에게 흘러들어갔다! 그 순간, 부장님의 아우라가 부풀어 오르면서 절대적인 마력의 파동을 두르기 시작했다!

"이 키메라의 능력은 일부 여성의 고민을 해소해 줄지도 몰라. 하지만 그것 때문에 생기를 빨리는 희생자도 생겨."

부장님의 말을 들은 코네코가 힘차게 고개를 끄덕였다.

"그러니, 소멸해 줘야겠어!"

부장님이 손을 앞으로 내밀면서—— 거대한 멸망의 마력을 키메라에게 날렸다!

갸오와아아아아아아아아아앗…….

키메라는 단말마를 지르고 멸망의 마력에 소멸됐다——.

모든 일이 정리되고 모두가 귀환하려고 할 때, 나는 부장님과 아케노 씨에게 말했다!

"부장님! 아케노 씨! 약속대로, 찌찌를 하룻밤 동안 빌려주세요!"

나는 야릇하게 손가락을 꼼지락거리며 두 사람의 가슴을 번갈아 쳐다보았다! 어느 쪽부터 즐길까, 이쪽 가슴은 달콤하려나? 아니면 이쪽 가슴이 더 달콤하려나?

찰싹. 부장님이 내 머리를 소리가 나게 때렸다. 그리고 귀엽게 혀를 쏙 내밀며 이렇게 말했다.

"안 돼~ 장난이 심했으니까, 취소야."

——윽! 너, 너무해!

내가 충격을 받자, 코네코는 나를 더 괴롭히려는 듯이 이렇게 말했다!

"……저 키메라를 감싸다니, 역시 잇세 선배는 특급 색골이에요. 저질이네요."

코네코가 나를 번쩍 들더니──.

지면에 뚫린 구멍에 집어넣었다!

코네코가 재빨리 흙으로 나를 묻자── 나는 지면에서 얼굴만 쏙 튀어나온 꼴이 됐다! 이게 뭐야?! 뭐 하는 거지?!

몸을 웅크린 부장님이 손으로 내 볼을 쓰다듬으며 쓴웃음을 지었다.

"거기서 하룻밤 동안 반성해."

그렇게 말하더니, 다른 이들과 함께 돌아가려 했다!

"미안해요, 잇세 씨. 부장님이 잇세 씨가 좀 반성할 필요가 있다고 하셨으니까……."

"……그만 돌아가요, 아시아 선배."

"하하하. 미안해, 잇세 군. 먼저 돌아갈게."

"우후후, 찌찌는 다음 기회에 만지게 해 줄게요, 잇세 군."

걱정스러운 표정을 짓는 아시아도, 무표정한 코네코도, 쓴웃음을 머금은 키바도, 미소를 짓고 있는 아케노 씨도, 그런 말을 남기며 돌아가려 했다!

"으앙~! 다들 기다려! 잘못했어요, 부장님! 다시는 안 그럴게요~!"

나는 돌아가는 멤버들을 향해 눈물에 젖은 목소리로 반성의 말을 외쳤다!

Extra Life. 프렐류드 오브 엑스칼리버

——유럽의 어느 나라.

　나—— 시도 이리나와 제노비아가 그날 밤 교회 본부에서 받은 명령은, 『떠돌이 악마의 토벌』이었다.

　몇 년 전에 교회(프로테스탄트 측) 전사로 임명된 나는 신의 이름으로 악령, 흡혈귀, 악마 등을 퇴치해 왔다.

　오래간만에 교회의 전사가 모이는 본거지—— 바티칸에 소집된 것이 얼마 전의 일이다. 그곳에서 가톨릭 교회에 속한 여전사 제노비아와 재회했다.

　"여어, 이리나. 또 콤비를 짜게 됐네."

　"응, 이 정도면 악연 같아."

　제노비아와는 몇 년 전에 종파가 다르지만 같은 뜻을 지닌 전사로서 친분을 쌓았다. 그 소문은 만나기 전부터 익히 들었다.

　——『파괴마』, 『신이 허락한 폭거』, 『참희(斬姬)』.

　제노비아의 별명은 많고, 하나같이 그 전투 스타일에서 유래했다. 만나기 전에는 야성적인 여자를 상상했지만, 실제로 만나 보니 귀여운 여자애라서 약간 김이 빠졌던 기억이 있다.

확실히 그 전투 방법은 무모한 면이 눈에 띄며, 나쁘게 말하면 어떤 상황에서도 힘으로 밀어붙인다. 그런 부분을 말릴 파트너로 내가 뽑힌 것이리라. 하지만 제노비아는 대하기 어려운 타입이 아니었고——.

"이이나, 이 께이끄 마시써."

휴일에 접시 가득 담긴 케이크를 우걱우걱 먹어대는 모습을 보면, 또래 여자애라는 것을 실감한다. 좀 억지스러운 면이 있긴 할 뿐, 내가 지적하면 잘 따랐다. 때로는 무시하지만.

우리는 그렇게 교류해 나갔고, 엑스칼리버를 쓰는 자로서 신을 위해 싸우기로 함께 맹세했다.

"엑스칼리버가 두 자루나 있으니 이번 상대도 간단히 해치울 수 있겠지."

제노비아는 담담한 어조로 그렇게 말했다.

이번에 받은 긴급 명령인 『떠돌이 악마 토벌』에서도 콤비를 짜게 된 우리는 어느 나라의 항구를 찾았다.

우리에게 이 명령이 내려진 것은 어디까지나 '겸사겸사' 다. 실은 사전에 다른 임무로 이 나라에 왔으며, 일을 마치자 새로운 임무가 내려왔다. 즉, 『떠돌이 악마』가 출현한 장소 근처에 우리가 있으니까 '겸사겸사' 퇴치하라는 명령을 받은 것이다.

상부의 지시라 불평할 수는 없지만, 빨리 씻고 싶었던 나는 슬며시 한숨을 쉬었다.

"빨리 샤워하고 싶어. 하아, 사제님들은 사람을 막 부려 먹는다니깐."

내가 못 하는 말을, 제노비아는 아무렇지 않게 했다. 그 점은 약간 부럽다는 생각이 들었다.

항구에 도착한 우리는 발을 들이자마자 특유의 기운을 느끼고 자신들의 기척을 죽였다. 마력—— 악마가 다루는 힘의 파동을 몸으로 느꼈다.

악마가 지닌 마력은 우리의 제육감을 자극하는 느낌을 줄 때가 많다. 눈에 보이지 않는 공포가 몸을 감싸는 것 같다고 하면 될까. 아무튼, 불온한 공기가 불안감을 느끼게 만드는 것이다.

특히 음흉한 감정을 지닌 악마의 마력은 온몸을 술렁이게 만든다.

항구에 있는 공장 뒤쪽에 몸을 숨긴 우리는 마력의 아우라가 가장 진하게 느껴지는 장소를 향해 신중하게 걸음을 옮겼다.

"상급은 아닌걸."

제노비아가 중얼거렸다.

나도 그것을 느꼈다. 상급 악마의 마력은 아니다. 악마 중에서도 상급 클래스는 매우 성가시고 위험한 존재다. 무엇보다 마력의 파동이 비정상적으로 강해서 웬만한 전사는 맞설 수도 없다.

이런 항구의 공장에 숨어 있는 악마가 저명한 가문의 상급 악마일 리가 없지만, 인간에서 전생한 자가 상급 악마로 올라서서 이곳에 숨어 있을 가능성이 없지는 않았다. 악마라는 사실에 자부심을 가지는 72위 상급 악마와 달리, 인간 출신의 전생 악마는 인간계의 사물을 이용하는 것을 주저하지 않는다.

뭐, 이 마력의 질을 감지해 봐도 72위 악마나 전생자 출신의 상급 클래스의 힘을 지닌 것 같지는 않았다. 중급 혹은 하급이 적절할 것이다. 솔직히 말해, 상급이 상대라면 교회 전사를 다수 모아서 대처해야만 한다. 우리에게 상급 악마는 그 정도로 위험한 존재다.

하지만 방심할 수는 없다. 그들은 『이블 피스』를 통해서 특성을 얻기 때문에, 인간 시절을 아득히 일탈한 이형의 존재가 되는 것이다. 게다가 세이크리드 기어까지 소지했으면 난이도가 몇 단계는 더 상승한다.

입구에서 독기가 흘러나오고 있는 공장을 쳐다보았다. 우리는 그늘에 숨어서 야간 투시경으로 주위를 살펴본 후, 그 자리에서 최종 확인을 시작했다.

돌입 전에 몇 가지를 확인하고 있을 때, 제노비아가 말했다.

"이번 악마는 어떤 녀석이야? 주위에 감도는 마력의 질을 보면 하급이나 중급 클래스 같은걸."

"정체는 알 수 없지만, 밤마다 마을의 여자들을 이곳으로 불러서 어떤 의식에 참여시키고 있대."

"악마 숭배(사타니스트), 사바트 같은 건 아니겠지?"

"응, 아닌 것 같아."

그렇다면 거기에 대응하는 교회의 기관이 움직였을 것이다. 적어도 현시점에서 사바트 같은 것은 아니라고 추정되고 있다. 아마 마을 여자들에게 암시를 걸어서 이곳으로 유도했을 것이다.

제노비아가 다시 확인했다.

"이야기로는 하나 더 있다고 하던데, 그쪽은 괜찮은 거야?"

그렇다. 제노비아가 말했다시피 『떠돌이 악마』의 반응은 이 주변에서 두 개 존재했다고 한다. 우리에게는 그중 하나인 항구 쪽이 맡겨졌다.

"그쪽은 듈리오 제수알도 씨가 담당한대."

내가 그렇게 말하자, 제노비아는 감탄한 것처럼 고개를 끄덕인 후에 성호를 그었다.

"교회 최강의 전사가 상대구나. 참 불운한 악마네."

다른 곳으로 간 자는 우리와 마찬가지로 이 지역을 우연히 찾았다고 하는 교회 최강의 전사—— 듈리오 제수알도. 나와 제노비아는 아직 정식으로 만난 적이 없어 성격은 모르지만 실력은 매우 뛰어나고 하며, 바티칸의 역사를 통틀어도 파격적인 수준의 전사라고 평가되고 있다.

그것도 그럴 것이, 혼자서 상급 악마 토벌에 임명될 정도다. 아무리 역전의 강자나 강한 전사라도 상급 악마가 상대라면 팀 혹은 콤비로 파견되지만, 그는 단독으로 해낸다.

전사의 신분인데도 천사님들과 면회가 유일하게 허락되어 있다(소문으로는 세라프 님 직속으로 명령을 받는다고도 한다)고 하며, 여러 의미에서 우리와 다른 세계에 사는 사람이었다.

——그런 이야기는 일단 넘어가고, 지금은 『떠돌이 악마 토벌』에 집중하자. 나는 정신을 바짝 차리면서 제노비아에게 말했다.

"평소처럼 내가 공장에 결계를 치면서 뒤쪽으로 돌아갈 테니까, 제노비아는 잠시 후에 정면에서 돌입해."

　단순하지만, 우리가 싸우기 쉬운 작전이다. 내가 도주로를 차단하고, 제노비아가 정면에서 돌입한다. 그 후에는 나도 합류해서 일망타진한다. 우리는 이 작전으로 몇 번이나 임무를 완수했다.

　──자, 일할 시간이야!

　기합을 넣으며, 작전에 임하려고 한 순간이었다.

　"──자, 내가 찾아와 줬다."

　──?! 제삼자의 불온한 목소리가 우리 위에서 들려왔다.

　고개를 들어서 보니── 기괴한 모습을 한 거대한 생물이 공중에 떠 있었다. 커다란 나비…… 아니, 나방을 연상케 하는 날개 달린 마물. 단, 머리는 드래곤과 똑같았다.

　키메라인 것 같네. 나방 마물과 드래곤의 혼합 같아. 처음 보는 타입인걸. 신 혹은 그에 가까운 존재가 창조한 고대 키메라와는 느낌이 다르다.

　몸집이 거대한 키메라의 등에는 누군가가 있었다. 의사 혹은 연구자가 걸칠 듯한 흰색 가운을 걸친 젊은 남자였다. 봐서는 인간에서 전생한 악마 같네.

　우리가 본 적이 없는 키메라를 부리는 걸 보면, 그는 마물 전문 연금술사일 가능성이 크다.

　나와 제노비아는 그 자리에서 흰색 로브를 벗어 던지고, 각자의 무기를 손에 쥐었다. 나는 왼팔에 감아둔 실 같은 것을 풀어서 일본도로 변화시켰다.

──의태의 성검, 엑스칼리버 미믹이다. 주인의 뜻에 따라 다양한 모양으로 형태를 바꿀 수 있다.

나는 전사로서 일정 기준을 넘어선 후에 하늘의 축복과 함께 성검 엑스칼리버를 다룰 수 있게 되는 의식을 받았다. 『인자(因子)』라 불리는 것이 내 몸에 부여된 것이다.

그에 따라 성검 엑스칼리버 중 한 자루인 이 검을 다룰 수 있게 됐다. 선택받은 성검술사 중에서 『인자』에 적합성을 지닌 자만이 성검 엑스칼리버의 은총을 받는다.

이 성검을 받았을 때, 나는 그 영광에 진심으로 기뻐했다. 아빠처럼 교회의 성검술사로서, 신의 검이 된 것이다.

"순순히 우리에게 단죄를 받아."

낮은 목소리로 그렇게 말하며 성검에 두른 천을 걷어낸 제노비아가 전투태세를 취했다.

제노비아의 성검은 파괴를 관장하는 『엑스칼리버 디스트럭션』이다. 게다가 제노비아는 나처럼 인공적인 사용자가 아니라, 타고난 엑스칼리버 적합자다. 엑스칼리버만이 아니라 각양각색의 다양한 성검을 다룰 수 있는 스페셜리스트다. 하늘의 선택을 받은 성자라고 할 수 있다.

키메라의 등에 탄 남자는 우리가 성검을 지닌 것을 알고 낯빛이 변했다. 우리를 조롱하는 듯한 미소가 사라지더니, 압도당한 듯한 표정을 짓는다. 성검은 악마에게 필살의 무기다. 그것을 보기만 해도, 아우라를 느끼기만 해도, 자신의 죽음을 연상하게 된다.

"그, 그건 성검인가! 큭…… 교회의 개들아! 내 숭고한 연구를 방해하다니……!"

남자는 원통한 목소리로 그렇게 말한 후, 키메라에게 지시를 내렸다. 드래곤과 나방의 혼합 키메라는 한층 더 귀에 거슬리는 울음소리를 내면서 고속으로 하늘을 날아다니기 시작했다.

생각했던 것보다 빠르네. 노리기 힘들어.

나와 제노비아가 눈과 기척으로 키메라의 움직임을 쫓으면서, 타이밍이 맞을 때 공격을 펼쳤지만——.

"받아라!"

키메라의 등에 탄 남자가 불꽃의 마력을 날렸다! 게다가 키메라도 고속으로 몸통 박치기를 날렸다!

"소용없어!"

나와 제노비아는 공격을 피하고 태세를 정비했다.

"후하하핫! 아직 멀었구나! 이 키메라의 움직임을 따라오지 못하는 거냐!"

전생 악마가 외쳤다. 대처할 수 있는 적이기는 하지만, 경험으로 봤을 때 이단의 연금술사가 사용하는 술법 중에는 성가신 것이 많다. 이 키메라에 어떤 능력이 있을지도 모르니, 방심해선 안 된다.

그 시선이 우리의 몸을 향했다. 전신을 핥는 듯한 시선으로 나와 제노비아의 몸을 쳐다본 후, 격노를 터뜨렸다.

"가……가슴에 달린 음탕한 지방 덩어리는 대체 뭐냐……!!!"

남자는 나와 제노비아의 가슴을 손짓하며 분통을 터뜨렸다.

어? 어어어어어? 나, 나와 제노비아의, 가, 가슴……? 지방 덩어리라면 그걸 말하는 거지? 하얀색 로브 아래에 걸친 방어면에서 뛰어난 소재로 만들어진 이 전투복은 몸에 밀착되는 타입이라 몸매가 확연하게 드러난다. 처음 이것을 입었을 때는 부끄러웠지만, 전투 때 움직이기 편하고 금방 익숙해져서 이제는 아무렇지도 않지만…….

남자는 나와 제노비아의 가슴이 마음에 들지 않는 것 같았다. 왜 저러지?

남자는 격노를 터뜨리며 키메라에게 명령을 내렸다.

"나의 사랑스러운 자식이여! 그것을 써라! 이 녀석들의 사악한 물건을 제거하는 것이다!"

남자의 명령에 따라, 키메라는 상공으로 날아가서 날갯짓하기 시작했다. 그와 동시에 하늘에서 눈부시게 빛나는 가루 같은 것이 떨어졌다.

──독?

나와 제노비아는 그렇게 생각하며 손으로 입과 코를 감쌌다. 이것은 키메라의 날개에서 나온 인분(鱗粉)일 것이다. 들이마시면 몸에 문제가 발생할지도 모른다.

허공에 검을 휘둘러 일으킨 바람으로 그 가루를 날려버리려 했지만, 저것이 바람을 타고 마을로 날아간다면…… 피해가 발생하고 만다. 함부로 공격했다간 죄 없는 사람들도 영향을 받을지도 모른다.

하지만 약점도 파악했다. 이 가루를 뿌리는 동안 저 키메라의 움직임이 둔해진다. 다시 가루를 뿌리기 시작했을 때가 기회다. 단숨에 점프해서, 단칼에 쪼개 주자. 내가 시선을 보내자, 제노비아도 동의한다는 듯이 묵묵히 고개를 끄덕였다.

남자는 떠들썩하게 웃었다.

"후하하하하핫! 그 가루에는 들이마신 여자의 유방을 작게 만드는 효능이 있다! 잘 들어라! 똑똑히 들으란 말이다! 커다란 가슴은 사악하며, 방해만 될 뿐이다! 조그마한 유방이야말로 이 세상에 혁명과 변혁을 가져온다! 거대한 찌찌 따위가 있으니 여자들 사이에서 격차와 슬픔이 생기고, 남자가 괜한 성욕을 느끼는 거다! 큰 가슴은 적! 조그마하고 낭비가 없으며 지방이 적은 찌찌야말로 세상이 추구하는 이상인 것이다……!!"

…………

뭐, 뭐라고 말하면 좋을지 모르겠어.

그는 열띤 목소리로 끝도 없이 소리를 질러댔다. 즈, 즉, 여자들을 밤마다 유인한 것도, 그…… 찌, 찌찌 크기를 어떻게 하기 위해서였던 거야?

이, 이건, 욕망이 대단하다고 할까, 안쓰럽다고 할까……. 으, 으음……. 나는 어떤 반응을 보이면 좋을지 알 수가 없었다. 이런 자를 상대하는 건 처음이다.

갑자기 어릴 적에 일본에서 같이 지냈던 소꿉친구 남자애가 떠올랐다. 그 남자애도 여자의 가슴을 참 좋아했다. 잘 지내고 있을까?

——지금은 그런 생각을 할 때가 아니다.

남자는 주먹을 쳐들고 계속해서 힘차게 말했다.

"내 연구의 철천지원수인 남자가, 나와 마찬가지로 전생 악마가 됐다! 그 녀석은 악마의 기술로, 사악한 연구를 더욱 높은 경지로 끌어올리려 하고 있지! 온 세상 여자들의 찌찌를 크게 만들려고 하다니, 당치도 않다! 그렇다면 나는 그 녀석의 모든 것을 부정하는 존재를 창조해야만 해! 그것이 가능한 게 바로 이 키메라다……! 너희 같은 교회의 개를 신경 쓸 때가 아니지! 여기서 죽어라!"

남자가 손에 마력을 모으면서, 키메라에게도 지시를 내리려고 한 바로 그때였다.

——이 항구에 눈이 내리기 시작했다.

그러고 보니 아까부터 서서히 기온이 내려가는 느낌이 들었다. 하지만 눈이 내린다는 건…… 말도 안 된다. 지금은 눈이 내릴 계절이 아니다!

눈을 본 후로 기온이 쑥쑥 내려가더니, 숨결 또한 새하얗게 변했다.

무슨 일이 일어나고 있는 것일까? 이 일대에만 기상 이변이 발생한 것일까?

——윽. 문득 듈리오 제수알도가 머릿속에 떠올랐다. 그러고 보니 들은 적이 있다. 듈리오 제수알도는 하늘을 제어하는 전사라고 한다.

그것이 진실이라면, 이 비정상적인 현상도 그가 만들어낸 것일까? 그렇다면 그 실력은 우리를 아득히 능가한다. 날씨를 조종한다면, 그것은 초월적인 존재나 다름없다.

키메라의 움직임이 조금 나빠지기 시작했다. 급격하게 추워지면서, 몸이 뜻대로 움직이지 않게 된 것이리라. 드래곤은 더위와 추위에 강하지만, 추위에 약한 벌레 부분 탓인 것 같았다.

남자가 뭔가를 눈치챈 것처럼 엉뚱한 방향을 보며 경악했다.

"큭……! 저쪽으로 보냈던 내 자식의 반응이 사라졌어……?!"

저쪽은…… 듈리오 제수알도가 간 곳일 것이다. 남자가 말하는 것으로 봐서, 저쪽은 이미 마무리가 된 것 같았다.

그렇다면 이쪽도 빨리 끝내도록 할까!

"잡자, 제노비아!"

나는 파트너를 향해 그렇게 외친 후, 성검을 변화시켜 채찍 형태로 만들어서 키메라를 향해 날렸다. 채찍 형태의 성검은 키메라의 몸을 남자와 함께 꽁꽁 묶어서 움직임을 봉쇄했다.

그 뒤를 이어 제노비아가 점프하면서 검을 치켜들었다.

"──끝이야. 신의 이름으로, 단죄하겠어!"

제노비아가 날린 일격이 키메라를 그대로 양단했다──.

"큭. 분하다."

우리가 잡은 전생 악마는 그렇게 중얼거리고 이곳으로 온 교회 전사들에게 연행됐다. 생명까지는 빼앗지 않았다. 이 마을에서 벌인 일을 저 남자에게서 알아낼 때까지, 악마라고 해도 퇴치할 수는 없다.

키메라의 사체도 교회 에이전트에게 넘겼다. 항구에 남겨진 것은 우리뿐이었다.

갑자기 신경이 쓰여서 자신의 가슴을 확인해 봤지만…… 아무래도 그 가루에 영향을 받지는 않은 것 같았다. 재빠르게 반응한 덕분에 가슴이 줄어들 정도로 그 가루를 들이마시지 않은 것 같았다. 그래도 신경이 쓰이니, 본부에 돌아가면 정밀 검사를 받아봐야겠다.

역시, 이만큼이나 성장한 가슴이 작아진다면 충격을 받을 것 같아.

"임무 완료야."

제노비아는 그렇게 중얼거렸다. 이미 해가 뜨고 있었으며, 눈도 그쳤다.

"후훗."

나는 무심코 웃음을 흘렸다.

"왜 그래?"

제노비아가 의아하다는 투로 물었다.

"아무것도 아니야."

나는 아까 떠올렸던 일본인 소꿉친구를 생각하며 웃음을 흘렸다. 이렇게 중요한 임무를 수행한 직후인데도, 그를 떠올리니 웃음이 났다.

그는 방금 전생 악마와 다르게 툭하면 커다란 찌찌 이야기만 해댔는걸. 어린애는 참 순수하고 귀엽다니깐.

분명 지금은 활기차고 멋진 남자가 됐을 거야. 방금 본 악마처럼 외설스러운 짓을 할 리가 없어. 일본에서 사귄 내 소중한 소꿉친구인걸.

나는 파트너를 향해 미소 지으며 말했다.

"자, 호텔로 돌아가자. 제노비아. 나, 샤워하고 싶어."

"응. 그러자, 이리나."

언젠가 또 보자, 효도 잇세이 군. 기왕이면 멋진 남자로 자랐으면 좋겠어!

Life.4 악마가 하는 일 체험 코스

어느 날의 방과 후——.

종례가 끝났기에, 교실에 남은 학생은 얼마 없었다.

나와 마츠다, 모토하마는 한 책상에 둘러앉아서 야릇한 표정을 짓고 있었다.

"제군, 이걸 보게!"

모토하마가 가방을 열었다! 그 안에는——.

"우, 우와아아아앗! 이, 이건 내용이 너무 과격해서 바로 발매 금지 처분을 받은 『꽃잎 라이더 핑키 VS 특유전대 찌찌 버스터 즈』잖아! 이걸 손에 넣은 거냐?!"

마츠다가 흥분한 표정으로 그 에로 DVD를 뚫어지게 쳐다보았다. 나도 깜짝 놀랐다! 설마 했던, 시장에 거의 돌아다니지 않고 팬들 사이에서 웃돈이 붙어서 거래되는 명작! 나도 꼭 보고 싶었던 작품이다!

"후후후. 뭐, 나라면 이런 희귀한 작품도 입수할 수 있어."

모토하마는 의기양양한 표정을 지었다! 저런 표정 지어도 돼! 빼겨도 된다고!

"역시 모토하마 선생님인걸! 감상회라도 열어야겠어!"

"그래! 바로 그거라고, 잇세! 다음 휴일에라도 다 같이 보자!"

나는 마츠다의 제안에 동의했다! 좋아! 벌써 다음 휴일이 기대되는걸!

"저기 좀 봐, 카타세. 정말 싫다니깐. 또 에로 3인방이 엉큼한 화제로 와자지껄 떠들어대고 있어."

"빨리 동아리 활동이나 하러 가자, 무라야마. 저 녀석들과 같은 공기를 마시다간 더럽혀질 거야."

검도부 여자애 두 명이 그런 소리를 했지만…… 깔끔하게 무시했다. 평범한 여자애는 이 DVD의 가치를 모르니 말이다.

"헤헤헤, 휴일이 기다려지는걸."

나는 패키지를 손에 잡고 뒤집어 보았다. 부장님과 동거한 후로는 이런 에로에로한 것들과 거리가 멀어지고 있었다.

'권속과의 스킨십'이라는 명목으로, 부장님이 내 방에 때때로 놀러오기 때문에 에로 DVD를 볼 기회가 없으니까!

안 그래도 아시아와 동거를 시작한 뒤로는 그런 쪽으로 신경을 쓰게 됐는데, 함께 사는 여자애가 늘어나면서 그런 쪽으로 즐길 기회가 급감하고 있다.

아시아와 부장님에게 야한 DVD를 보는 모습을 보여줄 수는 없다고!

동경하는 여자와의 생활은 정말 끝내주지만……. 역시 그건 그것, 이건 이것이라고나 할까…….

건전한 남고생에게 야한 DVD는 기본 소양! 즐기고 싶다!

내가 한숨을 쉬자—— 마츠다와 모토하마가 째려봤다.

"효도. 혹시 방금 머릿속으로 리아스 선배를 떠올렸지?"

"아시아 양을 생각한 거지?"

여전히 눈치가 빠르다! 이 녀석들의 질투 아우라는 눈에 보이지 않는 걸 볼 수 있을 만큼 강력해진 것 같아!

"에, 에이, 둘 다 진정해. 나도 신사의 영상물을 볼 시간이 줄어서 괴롭———."

거기까지 말했을 때, 나는 등 뒤에서 기척을 감지했다.

뒤돌아보니─── 그 자리에는 아시아가 있었다! 아시아는 난처한 표정을 짓고 있었다. 호, 혹시, 우리 대화를 들은 걸까……?

그런데 아시아의 입에서 나온 말은 예상과 전혀 달랐다.

"저기, 잇세 씨. 상의하고 싶은 게 있는데요……."

"악마의 삶?"

내 질문을 들은 아시아가 고개를 끄덕였다.

나는 아시아의 상담을 받아주고 있었다. 교실을 나선 나와 아시아는 구교사 뒤로 이동했다. 그곳에서 나는 아시아에게 '악마의 삶'에 관한 상담을 받고 있었다.

아시아는 진지한 표정으로 말을 이었다.

"네. 요즘 제가 악마로서 올바르게 생활하는지 불안해서요."

으음, 나한테 그런 소리를 해도 말이지…….

나 또한 '악마의 생활'을 잘 안다고 할 수 없는데…….

무엇보다, 악마는 원래 명계에 존재하는 거잖아? 명계 생활은 본 적도 들은 적도 없거든……

나는 볼을 긁적이며 말했다.

"으음, 우리는 인간계에서 전생한 인간계 출신 악마잖아. 본고장 명계 출신인 부장님에게 『진정한 악마의 삶』에 관해서 자세한 이야기를 듣는 게 좋지 않을까?"

"그래요. 그럴지도 모르겠어요."

아시아는 고개를 끄덕였지만, 부장님에게 물어봐도……

"우리는 인간계에서 활동하는 악마인걸. 지금 있는 곳의 생활에 맞추면 문제가 될 게 없어."

이런 대답을 들을 것 같다.

"그렇다면 하다못해 악마의 일을 할 때라도 악마답게 행동해야겠다고 생각하는데……. 저는 그것도 제대로 하는 것 같지가 않아요."

악마의 일을 할 때라도 악마답게. 나는…… 지시에 따라서 일하고 있지만……. 일할 때 악마답게 행동하는지는 좀 의문이다.

"으음, 그럼 직접 보고 듣는 편이 빠르겠어."

"그게 무슨 말인가요?"

아시아가 의아하다는 듯이 고개를 갸웃거리자, 나는 미소를 지으며 말했다.

"그야 우리 동료는 악마잖아."

"견학……이요?"

아케노 씨는 우리에게 차를 내주면서 그렇게 중얼거렸다.

나와 아시아는 다른 사람들이 도착할 때까지 부실에서 기다린 다음, 모두가 모였을 즈음에 은근슬쩍 물어봤다.

──다른 멤버들이 일하는 모습을 견학하고 싶다고.

"네, 아케노 씨. 저와 아시아…… 특히 아시아는 악마로서 자기가 제대로 일하고 있는지 매우 신경 쓰이나 봐요."

내 옆에 있는 아시아가 고개를 끄덕였다.

키바가 차를 한 모금 마신 후에 말했다.

"하지만 아시아 양은 앙케트에서 꽤 호평을 받고 있잖아."

"……잇세 선배보다 호평이고, 지명도 많아요."

코네코의 말이 옳다.

아시아는 악마로서 믿기지 않을 만큼 청순하고 순수한 미소녀 악마로서, 손님들에게 매우 높은 지지를 받고 있다. 단골도 많다.

혼자서 일할 수 있을지 처음에는 걱정됐지만, 지금은 어엿하게 잘하고 있어서 나도 안심했다. 손님도 하나같이 아시아에게 이상한 짓을 강요하지 않는 타입이기에, 아시아도 즐겁게 소환에 응하고 있다.

하지만 그런 아시아도 자신이 하는 일에 의문을 품고 있다.

──악마답게 행동하고 있는가?

일을 완수할 때마다 그런 생각이 강해졌을 것이다. 성실하고 순수한 아시아다운 고민이란 생각이 들었다.

뭐, 전직 수녀이자 현재 악마란 경위가 특수하긴 해.

자리에 앉아 서류를 눈으로 훑고 있던 부장님이 입을 열었다.

"잇세와 아시아의 의문도 이해는 해. 두 사람 다 전생한 지 얼마 안 됐는걸. 그렇다면 업무 스케줄을 조절해서 다른 사람들이 어떻게 일하는지 견학하렴."

"그, 그래도 될까요?"

내가 묻자, 부장님은 미소를 지으며 고개를 끄덕였다.

"응. 배울 게 많을 테니까. 다른 사람들의 일을 보며 배우는 것도 있을 거야. 단, 동료들의 일을 방해하면 안 돼. 손님들에게도 폐를 끼치지 말 것. 알았지?"

부장님이 그렇게 말하자, 아케노 씨와 코네코와 키바가 웃음을 지었다! 모두가 승낙한 것 같다!

나와 아시아는 서로를 본 후, 동시에 "네!"라고 대답했다.

− ○ ● ○ −

"어라~? 효도 씨잖아. 오늘은 코네코 양과 같이 온 거야?"

코네코의 단골 손님—— 모리사와 씨는 코네코와 함께 마방진에서 나타난 나를 보고 그렇게 말했다.

"네. 오늘은 코네코가 어떻게 일하는지 견학할까 해서요. 코네코와 모리사와 씨를 방해하지는 않을 테니, 방구석에라도 있게 해 주세요."

"뭐, 효도 씨한테는 때때로 신세를 지니까 괜찮아. 아시아 양도 내 소환에 응해서 와준 거야?"

"아, 아뇨. 저도 잇세 씨와 마찬가지로 코네코 양이 어떻게 일
하는지 견학하러 왔어요."

그러고 보니 모리사와 씨는 아시아와도 교류가 있었지. 아시
아가 이 일을 막 시작했을 때, 코네코에게 서포트를 받으며 같
이 한 적이 있다. 그때 소환된 적이 있다고 말했다.

모리사와 씨는 코네코를 부를 때마다 코스프레 촬영회를 한다
고 하는데, 오늘도 그런 걸까……?

일단 코네코가 어떻게 일하는지 보자고 생각하고 있을 때, 모
리사와 씨가 수납 케이스에서 뭔가를 꺼냈다.

"코네코 양! 얼마 전에 발매된 이걸로 한판 대결해 보자고!"

모리사와 씨가 "짜잔~."하고 쑥 내민 건── 게임 소프트!

아, 나도 저걸 알아! 『슈퍼 길거리 싸움꾼 4』야! 격투 게임인
데, 초보자 사절이란 소리가 있을 만큼 조작이 어려운 게임이
라고! 그리고 팬들이 대회를 개최할 만큼 인기 있는 게임이라고
마츠다나 모토하마한테 들었던 기억이 있어!

"나는 이래 봬도 오락실에서 이 게임으로 꽤 잘 나가거든. 내
가 단골인 가게에서는 『다이어그램 무너뜨리기의 모리』라고
불린다고……. 후후후, 코네코 양! 승부다!"

"……바라는 바예요."

그렇게 게임기를 켜고 플레이를 개시했다.

모리사와 씨는 본격적인 아케이드 스틱 컨트롤러를 쥐었다.
코네코는…… 일반적인 패드지만…….

몇 분 후——.

"……제 승리예요."

승자는 코네코였다! 격투 게임은 잘하는 편이 아니지만, 아마추어가 보기에도 코네코가 조작하는 캐릭터의 움직임은 엄청났다! 100콤보 같은 건 흔히 볼 수 있는 게 아니라고!

게임을 해 본 적이 없는 아시아는 두 사람이 뭘 하는 건지도 모르는지, 물음표가 머리 위에 떠 있는 듯한 표정을 짓고 있었다. 그래도 코네코가 일하는 모습을 열심히 견학하고 있었다.

그 뒤로도 둘이서 게임을 했는데, 모리사와 씨는 코네코에게 한 판도 이기지 못했다.

"말도 안 돼! 내, 내 주력 캐릭터가 전부 완패하다니……!"

모리사와 씨는 머리를 감싸 쥐며 충격에 사로잡혔다.

"……사고와 반사의 융합이 어설퍼요."

코네코가 게임을 이렇게 잘하다니……. 뜻밖의 모습을 알았습니다.

코네코의 일을 견학한 후, 나와 아시아가 견학하러 간 동료는 키바였다.

"어머, 키바 군. 와줬구나. 고마워."

키바와 함께 마방진을 통해 이동한 곳에는 연상의 누님이 있었다!

회사원 느낌의 정장을 입은 미인이다! 하지만 온몸에서 피곤한 기운이 흘러나오고 있었다. 얼굴에도 피로한 기색이 역력했다. 하지만 요염한 분위기도 느껴져!

키바는 상대를 확인하더니, 빙그레 웃으며 응대했다.

"아, 미카 씨. 오래간만이에요. 일은 잘되시나요?"

"응, 덕분에 말이야. 미안하지만, 평소 하는 그걸 부탁해도 될까……?"

그렇게 말한 누님이 상의를 벗었다! 이, 이건 혹시……? 평소의 그게 대체 뭔가요?! 에로에로한 분위기가 감돌까 하고 기대했지만——.

"야식을 만들어 줄래? 재료는 오다가 사 왔으니까……."

누님은 테이블 위에 놓인 장바구니를 가리킨 후, 방에서 뻗어 버렸다!

"괘, 괜찮으세요?!"

아시아가 누님에게 다가가더니, 회복의 세이크리드 기어를 사용했다!

"걱정할 필요없어, 아시아 양. 미카 씨는 지금 중요한 프로젝트에 참가하고 있어서, 한계까지 일하느라 체력이 바닥난 걸 거야. 잠시 눈을 붙이게 돼."

그렇게 말한 키바는 부엌 옆에 걸려 있는 누님의 앞치마를 걸친 후, 부엌에 섰다. 누님이 사 왔다는 장바구니에서 식재료를 꺼내더니, 익숙한 손놀림으로 요리를 시작했다!

"미카 씨는 중요한 프로젝트 때면 생활이나 식사에 쏟을 시간이 없거든. 그래서 나를 불러내 야식을 부탁해."

키바는 그렇게 설명하며 식칼을 능숙하게 휘두르더니, 셰프 같은 손놀림으로 냄비와 프라이팬을 휘둘렀다. 그 모습은 젊고 잘생긴 셰프 그 자체다!

"너, 너, 요리도 할 줄 아는구나……."

"그래. 이런 의뢰를 꽤 받거든. 부장님과 아케노 씨에게 배우면서 나만의 방식으로 요리를 하다보니, 이것저것 익혔어."

"요리할 줄도 아는 미남이라니, 무적인걸."

내가 그렇게 중얼거리자, "무슨 말 했어?"라며 환한 훈남 미소를 지으며 나를 보았다.

젠장! 부엌에 선 미남의 모습은 한 폭의 그림 같네! 콧노래까지 부르며 즐겁게 쿠킹을 하다니! 그래도 만드는 요리의 향기는 참 좋았다.

잠시 후 키바의 야식이 완성됐다!

피곤한 몸에 부담을 주지 않을 달걀 수프와, 매실과 일본풍 육수 향기가 감도는 우동! 튀김 가루, 참깨, 잘게 썬 김이 우동 위에 놓인 모습이 참 맛있어 보였다……!

전부터 궁금했던 키바의 일! 미녀에게 불려가는 일이 많다고 들어서 질투도 했고, 그 내용도 알고 싶었다. 하지만 이런 일을 할 줄이야……. 나는 야한 의뢰도 있지 않을까 하고 상상했지만……. 진지한 키바다운 내용이었다.

"미카 씨, 야식 다 됐어요."

키바는 누님을 상냥하게 깨웠다. 누님은 눈을 뜨더니, 비틀비

틀 테이블 앞으로 이동했다.

"고, 고마워, 키바 군! 잘 먹겠습니다~! 으음, 역시 맛있어! 지친 몸에 확 퍼져!"

누님은 야식을 참 맛있게 먹었다. 그 모습을 보니, 내 배에서도 꼬르륵 소리가 났다.

으음, 위에 좋지 않은 견학이야! 그런 생각을 하고 있을 때, 키바가 우리에게도 야식을 줬다.

"이건 잇세 군과 아시아 양 몫이야. 이번 의뢰의 대가는 두 사람의 야식에 쓰인 재료로 충분할 것 싶네."

키바는 윙크를 하며 그렇게 말했다! 큭! 어마어마한 미남 파워를 발휘하는 자식이야! 업무 능력도, 그리고 업무의 대가에도 빈틈이 없다는 생각이 들어!

"으윽! 자, 잘 먹겠습니다~!"

미남이 일하는 모습을 보고 졌다고 느끼면서, 나와 아시아는 야식을 먹었다.

……키바가 만든 요리는 맛있었다! 분해!

나와 아시아는 전부터 궁금했던 키바의 업무 현장을 견학했다.

마지막은—— 우리의 『퀸』이자, 부부장이기도 한 아케노 씨가 일하는 모습이다.

나와 아시아가 아케노 씨를 따라서 도착한 곳은—— 어느 기업의 사장실이었다. 사장용 책상, 응접용 테이블과 소파. 창밖

을 한눈에 볼 수 있는 전면 유리 벽 너머로 밤의 야경을 보고 있는—— 위엄이 느껴지는 중년 남자!

사, 사장님인가…….

역시, 아케노 씨급이 되면 대기업 사장이 소환하는구나…….

"어머어머, 사장님. 오늘은 어떤 일로 부르신 거죠?"

"음, 아케노 군. 항상 미안하네. ——이번에도 신세를 좀 질까 해서 말이지."

사장님은 진지한 표정으로 그렇게 말했다.

시, 신세……? 호, 혹시, 라이벌 기업의 중역을 암살하고 와라 같은 흉흉하고 엄청난 의뢰일까……?

"후후후. 그런 거군요. 저한테 맡겨만 주세요."

아케노 씨는 미소를 머금었다! 약간 섬뜩한, 가학적인 표정이다! 어둠의 거래가 성립된 것처럼 느껴져!

"아시아! 우리는 드디어 진정한 악마의 일을 볼 수 있을지도 몰라!"

"아, 네! 잇세 씨, 무섭지만, 이, 이것도 앞으로의 생활을 위해, 참고할까 해요!"

나와 아시아는 마른침을 삼키며 두 사람의 대화를 지켜봤지만——.

"아아아아아앗! 좋아! 정말 좋아! 거, 거기, 거기이이이잇!"

사장실에서 갑자기 시작된 것은—— 맨발을 드러낸 사장님에게 아케노 씨가 발 마사지를 해 준다는 전개였다!

"어머어머. 많이 지치셨나 보는군요, 사장님. 우후후, 오늘

밤은 실컷 귀여워해 드리겠어요!"

꼬옥꼬옥하고 아케노 씨가 손가락으로 발바닥 혈을 자극했다! 어찌 된 건지 무녀 의상을 입고 말이다!

아케노 씨가 조금 세게 지압하자, 사장님은 황홀한 표정을 지었다!

"끄아아아앗! 정말 절묘한 손놀림이구우우우운! 이거야, 이거! 이런 마사지로 충분하다고! 아파! 하지만, 기분 좋아아아아아앗! 그래도 아파!"

사장님은 아케노 씨의 손놀림에 열광하고 있었다!

"우후후, 이 사장님은 일 때문에 스트레스가 극한까지 쌓이면 저를 불러서 발 마사지를 부탁한답니다. 이렇게 저한테 마사지를 받으면서 평소의 울분을 발산하는 거죠."

아케노 씨가 더 세게 눌러주며 설명했다! 그런 아케노 씨는 사장님의 표정을 보며 사디스틱한 표정을 지었다!

우와아아아앗! 맙소사! 아케노 씨가 즐기고 있어어어엇!

"아아아아아아앗! 여왕니이이이임! 더, 더, 눌러 주세요오오오오오! 우효오오오오오오옷!"

"우후후, 얼마든지 눌러드리겠어요! 이 못난 사장! 사원이 이 모습을 보면 뭐라고 할까?!"

"더 혼내 주세요오오오오오옹!"

아케노 씨도 즐거워 보였고, 사장도 이 발 마사지를 진심으로 즐기고 있네!

나도 발 마사지를 하는 법을 배워야 할까?

그런 생각이 들게 하는 견학 풍경이었다.

−○ ● ○−

"왠지, 악마의 일은 참 신기하면서도 평범한 것 같아요……."

아시아는 약간 난처한 표정을 지으며 그렇게 말했다.

세 사람의 업무 풍경을 본 우리는 부실에서 그들이 일하는 풍경을 떠올렸다.

코네코는 모리사와 씨와 게임을 했고, 키바는 지친 회사원 누님에게 야식을 만들어 줬다.

아케노 씨는 기업 사장님에게 발 마사지를 해 줬다.

이게 악마의 일……? 뭐, 우리가 하는 일과 크게 다르지 않네.

"우리와 내용이 크게 다르지 않았어. 게임 상대와 야식 만들어 주기, 그리고 마사지잖아."

"그래요. 저도 의뢰해 주신 분과 트럼프를 하거든요……."

우리는 고민에 잠겼다. 어둑어둑한 방에서 사악한 거래를 해도 될 것 같지만, 결국 이런 것이 현대의 악마 스타일인 걸까?

아시아는 아직 고민이 해소되지 않은 것 같으니, 좀 더 조사해 보도록 할까.

"아시아, 악마의 삶을 더 조사해 보자. 다른 사람들의 평소 생활이나 휴일을 어떻게 보내는지도 살펴보는 거야!"

"아, 네!"

이리하여 나와 아시아는 다른 이들과 함께 휴일을 보내기로 했는데…….

코네코의 경우——.

"……많이 먹기 챌린지, 부탁해요."

휴일에 뭘 하는가 했더니, 음식점에 가서 많이 먹기 챌린지! 물론 상금을 받으며 챌린지 성공!

다음은 키바의 경우——.

"휴일에는 이렇게 도서관에서 책을 읽거나, 대여점에서 영화를 빌려서 봐."

미남은 도서관에서 신화 서적이나 역사 서적을 읽었다. 왠지 모르게 사적인 시간에도 한없이 성실한 녀석인걸.

마지막으로 아케노 씨의 경우——.

"우후후, 휴일에는 마을에서 쇼핑을 한답니다."

아케노 씨와 함께 마을에 가서 옷가게와 잡화점을 구경했다. 나는 짐꾼이었고, 아케노 씨는 아시아와 함께 쇼핑을 즐겼다.

다들, 휴일도 평범하게 보내는걸~. 인간과 똑같잖아.

이래서야 아시아의 고민을 해결할 무언가를 얻을 수 있을까?

우리는 쇼핑을 마친 후에 카페에 들어가서 한숨 돌렸다.

"우후후, 오늘 같이 쇼핑해 줘서 고마워요, 잇세 군, 아시아 양. 그런데 악마의 생활은 좀 알겠나요? 저희의 일과 생활이 참고가 된다면 좋겠지만……."

그게…… 나와 아시아는 서로를 쳐다보며 어떤 반응을 보이면 좋을지 모르겠단 표정을 지었다.

아케노 씨는 그 모습을 보고 미소를 지었다.

"인간계에서 생활하는 만큼, 악마의 삶이라고 해도 인간과 크게 다르지 않답니다. 계약 내용도 잇세 군과 아시아 양이 평소 맡는 것과 크게 다르지 않죠. 하지만……. 리아스── 아니, 부장님의 일은 참고가 될지도 모르겠어요."

"어째서 그런 거죠?"

내가 그렇게 물었다. 아케노 씨는 차를 한 모금 마신 후에 이렇게 답했다.

"상급 악마이자 우리 그레모리 권속의 『킹』인 부장님을 부를 정도의 소망, 의뢰는 그 내용도 거대하기 마련이니까요."

아하, 악마에 관해 알고 싶다면 우리 주인이 일하는 모습을 살펴보란 거구나.

다음 날, 우리는 부장님에게 그 점을 물어보기로 했다.

"응. 너희가 나한테 그런 말을 할 거라는 건 짐작했어."

다음 날 방과 후. 부실에서 나와 아시아가 부장님에게 어제 아케노 씨에게 들었던 말을 했더니, 이런 대꾸를 들었다.

"다른 애들의 평소 업무 내용, 개인 시간을 봐도 너희 의문이 해소되지 않을 것 같았어. 그 정도로 현재 악마의 일과 생활은 평화롭거든. ──하지만 그중에는 잇세가 전생했을 때 같은 일도 있어."

그렇다. 나는 타천사가 얽힌 일로 전생하게 됐다……. 악마로 살다 보면, 그런 사건도 겪는 것이다.

부장님이 나에게 다가오더니, 손으로 볼을 매만졌다. 아아, 부장님의 손길을 정말 최고야!

"좋아. 오늘 밤에는 오래간만에 좀 큰 건이 잡혀 있어. 나한테 말이지. 그걸 옆에서 견학하도록 해."

부장님의 일?

"부장님이 주도하는 일을 견학해도 되나요?"

"응. 물론이야. 너와 아시아는 나의 귀여운 권속인걸. 나도 『킹』으로서 너희에게 악마다운 모습을 보여줘야 하지 않겠니? 따라오도록 해."

""네!""

나와 아시아는 동시에 대답했다! 오오! 부장님의 일! 흥미가 샘솟는걸!

"저희도 동행해도 될까요?"

"……부장님의 어떤 일을 하시는지, 흥미가 있어요."

"어머어머, 그럼 다 같이 가도록 할까요. 부장님, 어떤가요?"

키바, 코네코, 아케노 씨가 동행을 청했다!

"좋아. 그럼 다 같이 가자."

이리하여, 나와 아시아는 다른 멤버들과 함께 부장님의 일을 견학하게 됐다——.

– ○ ● ○ –

그레모리 권속 전원이 마방진으로 전이한 곳은—— 어느 박물관이었다.

피라미드 모형과 정체불명의 비석 등, 고대의 장식품이 실내에 전시되어 있었다.

아, 여기는 알아. 초등학교 고학년 때 체험 학습으로 왔던 곳이야. 아시아권의 고대 문명 등을 주로 다루는 곳이었어.

"오래간만입니다, 그레모리 양. 일전에는 도움을 많이 받았습니다."

우리를 맞이한 이는 중년 남자였다. 머리가 희끗희끗하고 안경을 썼으며, 분위기가 전체적으로 부드러워 보였다. 지적인 아우라가 감돌았다.

그 남성을 확인한 부장님이 미소를 지었다.

"안녕하세요, 교수님. 그 의뢰를 받으러 왔답니다."

남자는 그 말을 듣고 표정이 환해졌다.

"정말 감사합니다……. 그런데, 다른 분들은 누구시죠?"

남자의 시선이 우리를 향했다.

"이 아이들은 제 권속 악마랍니다. 오늘은 도움을 받을까 해서 데려왔죠."

"아, 그레모리 양의 악마 권속들인가요. 흥미롭군요. 72위에 속하고, 마왕을 배출한 명문 그레모리 가문 차기 당주의 권속…… 이 방면 연구자라면 누구나 흥분을 감추지 못할 겁니다."

남자는 안경을 반짝이며 호기심에 찬 눈으로 봤다. 이런 고고학 연구자 같은 사람에게 악마는 연구 대상이겠지……. 그런 경위로 우리 같은 악마와 접촉한 것일 테고 말이야.

부장님은 남성을 우리에게 소개했다.

"다들, 이분은 니시우라 교수님이야. 세계 각지의 고대 문명을 연구하시는 분이지. 악마에 관해서도 해박하셔."

"고대 문명을 연구하다 보면 마의 존재, 악마에 관해서도 알게 되지요. 그 결과, 여러분과 이렇게 교섭하게 된 겁니다."

흐음~. 고대 문명 연구의 연장선으로 악마와 거래하게 된 건가. 경위와 이야기 자체는 멋지지만, 엑소시스트가 알면 이 사람한테 큰일 나는 거 아냐?

"그런데 니시우라 씨. 그 물건은 어디 있죠?"

부장님이 그렇게 물었다.

"이쪽으로 오시죠. 거참~ 저도 두손 두발 다 들었습니다."

우리는 교수의 안내에 따라 안으로 향했다.

나를 비롯한 그레모리 권속은 박물관 안쪽으로 안내됐다.

값비싸 보이는 기자재가 즐비한 공간이었다. 그 중앙에——석관이 있었다! 비싸 보이는 기자재가 케이블로 그 석관과 이어져 있었다.

오오, 딱 봐도 뭔가 들어가 있을 듯한 분위기의 관이네! 곳곳에 금이 가 있어. 고대 상형문자? 같은 것이 관 전체에 새겨져 있잖아. 나는 못 읽지만 말이야.

부장님은 관을 보더니, 눈을 가늘게 떴다.

"이게 소문으로 들은 그 관이네. 확실히 교수님의 보고대로, 좋지 않은 아우라가 안에서 흘러나오고 있어."

그, 그런가? 내 눈에는 안 보이는데……. 하지만, 이 방에 들어온 후로 이상한 오한이 드는 걸 보면 확실해. 옆에 있는 아시아도 "왠지, 소름이 돋아요."하며 불길한 걸 느낀 눈치야.

"이 관은 어느 유적에서 얼마 전에 출토된 겁니다. 꽤 중요한 역사적 유산입니다만……."

표정이 흐려진 교수가 말을 이었다.

"이것을 연구한 학자들이 알 수 없는 병에 걸려 쓰러지거나 기이한 사고에 휘말려서 겁에 질린 나머지 내팽개치는 일이 속출하고 있습니다. 그 탓에 이 관의 연구가 진행되지 않고 있지요. 그렇게 돌고 돌다 저한테 오게 된 겁니다."

"……관의 저주일지도 몰라요."

코네코가 그렇게 중얼거렸다. 맙소사! 저주라니!

"운이 좋게도 저는 악마 여러분—— 그레모리 양과 면식이 있어서, 본격적으로 연구를 시작하기 전에 조사를 부탁하려고 한 겁니다. 떠넘기려는 건 아닙니다만, 이런 건 악마 여러분이 조사해 주시는 편이 확실할 테니까요."

"올바른 판단이에요, 교수님. 저희에게 맡기려 하신 건 현명한 판단이랍니다."

교수가 관 뚜껑을 손가락으로 가리켰다.

"이 부분을 보십시오. 상형문자입니다만……."

다들 그 부분에 주목했다.

동그란 그림이 두 개 있으니…… 마치 찌찌 같네. 어, 내가 지금 무슨 생각을 하는 거야! 상형문자에서도 에로스를 추구하면 어떻게 해!

"여기에는 이렇게 적혀 있습니다. '내 잠을 깨우는 건 가슴이 풍만하고 아름다운 마의 여성뿐이다' —— 라고요."

…….

어, 어이! 그게 무슨 소리야아아아앗! 가슴이 풍만한 여성?! 그건 글래머 누님을 말하는 거잖아?!

교수는 안경을 고쳐 쓰더니, 정면을 쳐다보며 말했다.

"요약하자면 이렇습니다! 찌찌가 커다란 미녀 악마가 깨워 줬으면 한다! 이 관의 주인은 그렇게 말하고 있는 거예요!"

"진짜 빌어먹을 관이네!"

나는 무심코 딴죽을 날렸다! 무, 무슨 소리를 하는 거냐고요! 미녀가 깨워 주길 바라는 건 이해해! 여악마에게 깨워 달라는 것도 신비적이라고! 하지만 글래머 미녀 악마가 아니면 안 된다니, 너무 막 나간 상형문자라고요!

"참고로 이제까지 저주받은 학자분들은 후덥지근한 중년 남성들이었습니다. 아저씨들을 저주한 거겠죠."

"저주의 원인이 그런 건가요?! 아저씨 따위는 관을 만지지도 말라는 거냐고요!"

바로 그때였다. 실내 조명이 부장님의 그림자를 관에 드리웠다——.

가슴 부분의 그림자가 관 뚜껑에 있는 동그란 상형문자와 겹쳐진 순간, 석관이 '고오오오오!' 하고 크게 진동했다!

"오오! 역시, 여자 악마를 통해 관이 열리는 건가!"

교수는 흥분했다!

이 관, 부장님의 찌찌 그림자가 드리우니까 열렸어! 뭐 저딴 게 다 있냐고!

관 뚜껑이 열리자, 그 안에서 안개가 분출됐다! 뚜껑이 완전히 열리자, 안에서 붕대에 감긴 미라가 모습을 드러냈다!

머리에는 이집트의 파라오가 쓸 법한 왕관을 쓰고 있었다! 손에는 수상한 지팡이를 들고 있었다! 얼굴은 완전히 말라버린 것이, 완벽한 미라였다!

하지만 관 안에서 누워 있는 그 미라의 눈동자 없는 눈구멍이 빛났다! 나는 그 눈빛과 눈이 마주치고 말았다!

그 순간이었다———.

몸이 가위에 눌린 것처럼 꼼짝도 하지 않게 되더니, 입이 멋대로 움직였다.

『내 잠을 깨운 것은 누구냐?』

남자의 낮은 목소리가 내 입에서 흘러나왔다! 이, 이게 뭐야?! 어떻게 된 거냐고?! 모, 몸이 움직이지 않아!

"잇세 씨의 목소리가 아니에요!"

아시아가 놀랐다! 응, 나도 깜짝 놀랐어! 나는 목소리도 안 나와! 손가락 하나 까닥할 수 없다고!

"설마, 주술사의 미라에게 몸을 빼앗긴 거야?"

키바가 그런 말을 했다! 맙소사! 난 이 미라 자식에게 몸을 조종당하고 있는 거야?!

부장님이 내 앞에 섰다.

"당신을 깨운 건 나야. 안녕, 미라 남자. 일어난 것 같네. 게다가 의식을 날려서 내 귀여운 권속의 몸을 빼앗은 거야? ——그런데 교수님, 이 남자는 누구죠?"

"그게, 고대 이집트의 세력권에서도 유명한 주술사라고 관에 상형문자로 적혀 있더군요."

교수의 설명을 듣고, 미라 남자가 내 입을 빌려 말했다.

『그렇다. 나는 우나스. 고귀한 신관이자, 주술을 펼치는 자이기도 하다. 나를 깨워 준 것에는 예를 표하겠다. 나를 깨운 이유는 뭐지?』

"그게, 고고학—— 당신들의 시대에 관한 연구의 협력을 요청하고 싶습니다. 부디, 협력해 주실 수 없겠습니까?"

교수는 진지한 어조로 그렇게 말했다.

내 몸이 멋대로 움직이더니, 누운 채 움직이지 않는 미라 본체에서 지팡이를 꺼내 능숙하게 휘둘렀다. 지팡이 끝이 교수를 향했다.

『유감이지만, 그럴 수는 없다. 내 몸은 저주를 받았지. 그 탓에 힘을 완전히 발휘할 수 없다.』

그, 그랬구나. 그건 됐으니까 내 몸을 돌려달라고, 이 미라 자식아! 머릿속으로 그렇게 외쳤지만, 미라 남자는 전혀 반응하지 않네!

미라 남자의 목소리를 들은 부장님이 말했다.

"저주……. 당신의 본체에 감도는 아우라를 감지해 보니, 악마의 주술에 걸린 것 같네. 주술사가 저주에 당하다니, 좀 한심한걸."

『한심한 이야기라는 건 나도 안다. 주술사인 나는 더욱 높은 경지에 이르기 위해 고위 악마를 부르려 했으나…… 우연히도 소환된 악마가 대공 아가레스의 일가였지. 당시의 나에게 그 악마는 너무나도 강대했고, 교섭할 수 있는 상대도 아니었다. 분노를 산 나는 저주를 받아 이렇게 됐지. 몸과 주술 대부분을 봉인당해, 오랜 잠에 빠져들 수밖에 없었다.』

대공…… 떠돌이 악마 토벌을 부탁하는 높으신 분이다.

부장님이 눈을 가늘게 떴다.

"그래. 대공이구나. 대공은 마왕, 대왕 다음으로 권위가 있는 가문이야. 대공을 화나게 하면 그에 걸맞은 벌을 받아."

『그 저주가 풀리지 않는 한, 협력할 수는 없다. 그리고, 이 악마의 몸은 돌려주지 않을 것이다.』

뭐어어어어어어어어엇! 말도 안 돼! 내 몸을 돌려주지 않는 거야?! 나는 아무 상관도 없잖아! 네 실수가 원인이라며! 내 몸을 돌려줘!

부장님은 탄식을 터뜨린 후, 질문을 던졌다.

"교수님, 저주를 풀어 주는 게 좋을까요?"

"아, 네. 가능하다면 말이지요."

교수의 대답을 들은 부장님은 고개를 끄덕였다.

"알았어요. 미라 남자…… 우나스라고 했지? 의뢰자의 소원

성취와 내 소중한 권속의 돌려받기 위해, 당신의 저주를 풀어주겠어."

『고맙다. 꼭 부탁하마.』

미라 남자는 즉시 그렇게 말했다.

"그런데, 뭘 어떻게 하면 돼?"

그렇게 묻는 부장님의—— 가슴을 이 녀석이 쳐다봤다! 이 자식, 부장님의 찌찌를 뚫어지게 보고 있어!

미라 남자는 찌찌에서 눈을 떼지 않고 내 입을 빌려 말했다.

『나에게는 세 가지 저주가 걸려 있다. 그 저주를 풀려면—— 미녀 악마의 힘이 필요하지.』

미라 남자의 설명을 들은 부장님이 되물었다.

"세 가지?"

『그렇다. 세 가지다. 그 세 가지 저주는 젊은 악마 여성의 협력으로 풀 수 있다.』

"어떤 방법으로 푸는 거야?"

부장님의 질문을 들은 미라 남자는 내 몸을 움직여서, 관 안을 뒤적이기 시작했다. ——관에서 꺼낸 것은……!

『이 의상을 입고, 춤을 춰 줬으면 한다. 그것이 첫 번째 저주를 푸는 방법이다.』

내 몸이 관에서 꺼낸 것은, 벨리 댄스 의상이다! 단, 위아래 의상이 전부 천 면적이 매우 작았다!

내 몸은 그것을—— 부장님을 향해 내밀었다.

『네가 이것을 입어 줬으면 한다.』

"내, 내가…… 이걸?"

부장님은 약간 당혹스러운 반응을 보였다! 하, 하지만 이건 잘된 일일지도 몰라!

『네가 이걸 입고 춤추면 저주가 풀릴 거다! 틀림없어!』

미라 남자가 힘찬 목소리로 그렇게 말했다! 웬지 방금 한 말에 에로에로한 무언가가 숨겨져 있는 것 같은데…….

"…………."

코네코는 눈을 가늘게 뜨더니, 수상쩍게 내 쪽을 쳐다봤다. 코네코도 뭔가 느낀 것 같았다.

부장님은 한숨을 쉬며 고개를 끄덕였다.

"알았어. 이걸 입고 춤추면 되지?"

이리하여, 첫 번째 저주를 풀기 위한 작전이 실행에 옮겨졌다.

어디선가 들려오는 벨리 댄스의 경쾌한 음악에 맞춰, 댄스용 의상을 입은 부장님이 춤췄다.

천 면적이 작아서 그런지, 몸을 흔들 때마다 가슴이나 엉덩이가 드러날 것만 같다! 끄, 끝내주는걸!

하지만, 부장님은 느닷없이 벨리 댄스를 추게 됐는데도 멋진 춤을 선보이고 있다! 역시 부장님! 못하는 게 없네! 좀 부끄러워하며 춤추는 부장님의 모습에 흥분을 감출 수가 없어……!

『대, 대단하구나…….』

미라 남자는 내 몸을 통해, 부장님의 춤── 아니, 흔들리는 가슴과 엉덩이에 시선을 집중하고 있었다!

이, 이 녀석, 역시, 흑심이 있었던 거구나……! 하지만, 감사합니다! 덕분에 나도 부장님의 가슴과 엉덩이를 마음껏 볼 수 있어!

"……수상해요."

코네코가 눈을 흘기고 나를 쳐다보고 있다! 통찰력이 여전히 날카롭다!

15분 동안 부장님이 춤을 췄을 즈음――관에 변화가 발생했다. 관에 마방진이 생겨나더니, 붕괴했다. 동시에 검은 안개 같은 것이 뿜어져 나왔다.

"방금 해제된 마방진은 대공 아가레스의 것이야."

『아가레스의 저주가 하나 풀린 것 같군. 좋아. 붉은 머리 여인이여, 고맙다.』

이 미라 남자의 말에 따르면, 부장님의 방금 춤 덕분에 저주 중 하나가 풀린 것 같다. 이제 두 개 남은 건가.

다음으로 미라 남자는 코네코를 쳐다보았다.

『……두 번째 저주를 풀려면, 악마 여성의 입맞춤이 필요하다. 거기 있는 조그마한 여인이여, 아까부터 나에게 뜨거운 시선을 보내고 있는 것 같다만?』

미라 남자가 그렇게 말했지만……. 아, 아니야! 네 행동이 너무 수상해서 쳐다본 것뿐이라고! 착각하지 마!

"……당신의 시선이 엉큼한 건지, 아니면 빙의를 당한 잇세 선배의 시선이 엉큼한 건지 살피고 있었을 뿐이에요."

『아니, 그럴 리 없다! 나는 알 수 있지! 그 뜨거운 시선의 의미를 말이다! 좋다, 다음 저주는 그대가 풀어 줬으면 한다! 자, 입맞춤해다오!』

미라 남자는 그렇게 말하며 내 몸을 조종해서 코네코에게 다가갔다! 그 걸음에는 한 치의 망설임도 없었다!

이, 이 녀석, 역시, 수상해! 아니, 너무 음흉한 거 아냐?!

큭! 이대로 있다간 내가 코네코와 키스할 거야! 개인적으로는 바라 마지않지만, 생각대로 될 리가 없어! 두들겨 맞을 게 뻔한데……. 하지만 혹시 모르지. 코네코가 부탁을 받아들여서 키스해 줄지도……!

입술을 내밀며 코네코에게 다가가자——.

"……징그러우니까 다가오지 마세요."

퍼억!

날카로운 스트레이트 펀치가 인정사정없이 내 안면에 꽂혔다! 이럴 줄 알았다고요!

"아앗! 잇세 씨, 위험해요!"

펀치의 충격으로 쓰러지려 하는 나에게, 아시아가 다가오더니——.

쪽. 내 볼에 아시아의 입술이 닿았다!

우, 우연이라고는 해도, 아시아가 내 볼에 뽀뽀했! 럭키~!

그와 동시에 또 관에서 마방진이 나타나 사라졌다.

『이제 하나만 남았다! 마지막 저주만 풀면 나는 완전히 부활할 것이다!』

아시아가 볼에 뽀뽀해 줘서 두 번째 저주가 풀렸다! 호, 혹시 모든 저주를 다 풀면 큰일 나는 거 아냐? 우리는 깨워선 안 되는 자를 깨우려고 하는 게 아닐까……?!

미라 남자는 내 몸을 조종해서, 이번에는—— 아케노 씨를 쳐다보았다!

『마지막 하나는—— 풍만한 여성의 가슴에 얼굴을 문대는 것이다! 가장 난이도가 높은 저주지만…… 지금이라면 해낼 수 있겠지! 지금의 나라면 가능해!』

미라 남자는 내 몸을 조종해 아케노 씨에게 뛰어가려고 했다!

이, 이 녀석! 아케노 씨의 찌찌에 뛰어들어서, 저 풍만한 가슴에 얼굴을 비비려는 건가?!

좋아! 최고야! 남자의 꿈이 넘치네!

하지만 그럴 수는 없어! 이, 이렇게 엉큼한 녀석을 이 세상에 풀어놓는 건 위험해! 게다가 아케노 씨의 찌찌로 부활하는 건 용납할 수 없다고!

나는 어찌어찌 마음을 굳게 붙잡고 정신을 집중했다! 그리고 아케노 씨에게 다가가는 내 몸을…… 저지하려 했다!

『……큭!』

미라 남자가 움직이는 내 몸의—— 움직임이 둔해졌다!

오오, 내 견고한 의지가 통한 거구나!

나는 그대로 입을 움직이려 했다!

"……다, 다들, 내 말 들려?! 여, 역시, 이 녀석은 위험해!"

『이 자식, 뭐 하는 것이냐! 조금만 더 하면 네놈도 해방될 수 있다! 게다가 너도 이제까지의 행위를 전부 즐겼지 않느냐!』

이번에는 이 녀석이 내 입으로 그런 말을 했다!

"……안 돼! 너, 너는…… 너무 야해! 어차피, 부활해 봤자 변변치 않은 주술사일 거잖아!? 코, 코네코! 너라면 알 거야! 이, 이 녀석은 어마어마하게 엉큼한 얼굴로 다른 사람들을 봤지?!"

그렇다! 코네코라면 이 녀석의 진의를 알 것이다! 누구보다 먼저 눈치챘으니 말이다!

"잇세 선배는 항상 표정이 엉큼한데요."

"그건 그래!!"

맞다! 나는 항상 엉큼한 표정이지! 아냐! 그렇지 않다고!

하지만 미라 남자의 의지도 강한지, 내 몸은 한 걸음, 또 한 걸음 아케노 씨에게 다가갔다.

『저, 저 찌찌가 나를 기다리고 있다! 저 찌찌로 나는 부활할 것이다……! 저기에 찌찌가 있단 말이다……!!』

어, 어마어마한 색골 파워다! 나, 나와 필적해! 이 녀석은 엄청난 변태 주술사인 거 아냐?!

"어머어머, 곤란하군요."

아케노 씨도 어쩌면 좋을지 모르겠다는 눈치였다!

하지만 아케노 씨의 가슴을 이 녀석에게 허락하면 안 된다!

『크크큭, 소년이여. 저 가슴에 얼굴을 묻는다면, 얼마나 기분이 좋을 것 같으냐?』

뭐……? 시선을 통해 아케노 씨의 풍만한 찌찌가 내 머릿속으로 전해졌다! 새, 생각하지 마! 아케노 씨의 가슴은 내가……!

"큭……!"

『크윽……!』

의지가 흔들릴 때였다! 나는 그 자리에서 발이 꼬이면서, 몸이 아케노 씨 쪽으로——.

"아앙! 어머어머, 잇세 군은 참…… 대담하군요."

물컹~!

부드럽기 그지없는 감촉이 내 얼굴로 느껴졌다. ——아아, 여기는 천국이다.

나는 넘어지면서, 아케노 씨의 가슴에 얼굴을 밀어 넣었다.

바로 그 순간이었다. 내 몸의 자유가 부활했다!

내 몸에서 검은 안개가 빠져나가더니, 관으로 돌아갔다. 동시에 마지막 마방진도 관에서 생겨난 후에 박살 났다.

관에서 대량의 검은 안개가 분출됐다.

"……사악한 아우라가 강해졌어요."

코네코는 진지한 표정으로 그렇게 중얼거렸다.

그렇다. 나도 알 수 있다. 관에서 위압감이 느껴졌다!

『훗훗훗.』

웃음소리를 흘리면서, 관에 누워 있던 미라 남자의 본체가 몸을 일으키기 시작했다.

붕대가 풀리기 시작하더니, 미라였던 얼굴도 점점 생전의 모습으로 되돌아갔다.

『후하하하하! 위대한 주술사 우나스, 부활! 수고 많았다, 악마들이여!』

왕관과 지팡이, 상반신은 알몸에 하반신에는 천을 두른 고대 이집트인 스타일의 젊은 남자가 나타났다.

『이렇게 부활했으니, 복수하고 말겠다! 아가레스 가문의 그 여자! 감히 나에게 저주를 걸어?!』

오오, 왠지 의욕이 넘치는걸…….

"이렇게 부활했으니, 질문 하나 해도 될까?"

부장님이 전직 미라 남자에게 물었다.

『뭐지?』

"왜 대공 가문의 악마에게 저주받은 거야?"

『훗! 불러낸 악마가 너무나도 아름다웠지! 그래서 구혼—— 아니, 내 노예가 되어라! 하고 소원을 말했더니, 나에게 그딴 저주를 걸었다!』

부장님은 그 말을 듣고 탄식을 터뜨렸다.

"아무리 그래도 그건 좀……. 네 영혼을 대가로 삼더라도 이룰 수 없는 소원이야. 화내서 저주를 걸더라도 어쩔 수 없지 않을까? 대공을 불러내 놓고, 그에 걸맞은 소원과 보수를 준비하지 않는다면 분노를 사는 게 당연해."

『나는 그딴 건 모른다! 큭……! 악마란 녀석들은 항상 나를 무시하는구나! 뭐, 좋다! 우선 네놈들부터 쓰러뜨려 주마!』

주술사는 전의를 끌어올리며, 우리를 향해 지팡이를 내밀었다!

어이쿠! 전투 개시인 거냐! 키바가 검을 손 언저리에 형성했고, 코네코가 주먹을 말아쥐었다.

『Boost!』

나도 갑옷과 건틀릿을 장착했다!

부장님은 자신만만하게 웃으며 당당한 태도를 취했다.

"정말, 교수님의 소원을 들어주려고 왔다가 터무니없는 바보와 마주치고 말았네. 교수님, 이 미라 남자는 위험해요. 없애도 될까요?"

부장님은 교수에게 확인을 요청했다. 교수는 떨어진 곳에 숨어 있었다.

"아, 네! 매우 아깝지만…… 어쩔 수 없지요! 가, 가능하면 관만이라도 남겨 주시면 감사하겠습니다!"

"알겠어요. 관만 남기고, 다른 건 다 없애죠."

부장님의 당당한 태도를 보고 분노를 느낀 듯한 주술사가 이를 갈며 지팡이를 치켜들었다!

『이 자식! 질 좋은 마력을 지닌 여자 악마는 하나같이 거만한 것이냐! 용서하지 못한다! 내 주술을 받아라!』

남자가 쥔 지팡이가 요사한 빛을 뿜더니, 지팡이 안에서 붕대가 무수히 출현해서 꿈틀거리기 시작했다.

그 붕대는 형태를 이루면서 대량의 미라 남자를 만들어냈다!

『가라!』

주술사의 호령에 맞춰 말 못 하는 미라 남자들의 대군이 우리를 덮쳤다!

"그렇게는 안 돼!"

키바가 마검으로 베어 넘기고…….

"……에잇!"

코네코가 체술로 날려 버렸다!

"우후후, 잘 탈 것 같군요."

"사라져!"

아케노 씨의 불꽃의 마력과 부장님의 멸망의 마력이 미라 대군을 소멸시켰다!

"아앗! 잇세 씨! 이쪽으로도 와요!"

"아시아는 건드릴 수 없어!"

나도 아시아를 등 뒤에 숨긴 후, 배가시킨 파워로 미라 남자들을 두들겨 패거나 걷어찼다.

『그럼 이건 어떠냐!』

주술사가 지팡이를 더욱 요사하게 흔들자, 붕대가 더욱 꿈틀거렸다!

붕대는 의지를 지닌 것처럼 움직이더니, 부장님을 비롯한 여자 멤버들을 사로잡으려 했다!

"이런 수법에 몇 번이나 당하진 않아!"

다들 가볍게 몸을 놀려 피한 후에, 붕대를 날려 버렸다!

그래! 같은 수법에 몇 번이나 당할 리가 없다고! ……좀 아쉽긴 하지만…….

『후후후, 물러!』

주술사는 지팡이를 휘두르면서, 여자 멤버들을 가리켰다! 그 순간, 회피 행동을 취하고 있던 부장님과 다른 멤버들이 꽁꽁 묶인 것처럼 움직임을 멈췄다!

──윽! 어, 어라, 내 몸도 움직이지 않잖아?!

"이, 이건……!"

"흐윽! 몸이…… 움직이지 않아요……."

내 옆에 있는 키바와 뒤쪽에 있는 아시아도 마찬가지였다!

"──윽! 이, 이건……?!"

깜짝 놀란 부장님을 향해, 주술사기 자신만민하게 웃있다.

『내 주술 중 하나, 속박의 술법이다! 그대들처럼 강한 악마를 장시간 옭아맬 수는 없지만…… 정지된 사이에 묶으면 되지!』

우리가 꼼짝도 못 하는 사이, 붕대가 꿈틀거리면서 부장님들을 돌돌 감기 시작했다!

"……또 이 패턴인가요."

코네코는 잡힌 채 탄식을 터뜨렸다! 동감이다! 왜 우리와 적대하는 녀석들을 이렇게 돌돌 감싸는 걸 좋아하는 걸까?!

『그 붕대는 내가 오랫동안 정성을 들여 만든 특별한 것이다. 웬만해서는 벗어날 수 없지!』

부장님과 아케노 씨도 마력을 운용하려 했지만── 붕대에 새겨진 문자가 떠오르면서, 구속력이 강해진 것 같았다.

"그래. 당신, 대단한 주술사네."

부장님도 쓴웃음을 지으며 그것을 인정했다. 찬사를 받은 주술사가 웃음을 터뜨렸다.

『푸하하하하핫! 그렇지?! 그렇지?!』

"하지만 우리를 상대하게 된 걸 보면, 네 운은 다했어! 잇세!"

부장님이 나를 불렀다!

"우리에게 드레스 브레이크를 써! 그러면 이 녀석한테 틀림없이 이길 수 있어!"

그, 그래! 저 붕대는 부장님들과 몸이 밀착되어 있어! 옷이나 다름없다고! 그렇다면 내 그 기술이 먹힐지도 몰라!

"네, 부장님! 알았어요! 자아아아앗, 부스티드 기어!"

『Explosion!!』

건틀릿의 힘이 폭발하며, 아우라가 증폭됐다!

나는 향상된 능력으로, 부장님들을 감싼 붕대를 터치했다!

부장님, 아케노 씨, 아시아, 그리고…….

"…………."

코네코가 질색하는 듯한 표정을 지었지만…… 마음을 독하게 먹으며 터치했다!

전원을 터치한 후, 나는 폼을 잡으며 손가락을 튕겼다.

"——드레스 브레이크."

그 순간, 찌직 하며 붕대가 사방으로 찢겨 나가면서 부장님들이 붕대에서 풀려났고—— 몸을 감싸고 있던 의류까지 전부 갈기갈기 찢겼다!

훤히 드러난 가슴! 엉덩이! 최고다!

"오오! 눈 호강 제대로 하네요!"

전원의 알몸을 머릿속에 저장! 감사하옵니다~!

"……보지 마세요!"

코네코가 관 뚜껑을 집어 던졌다! 끄아악! 정통으로 맞았어!

『이, 이건! 대, 대단한 기술이구나! 감동했다, 악마 소년!』

어찌된 건지 엄청나게 흥분한 색골 주술사가 나에게 찬사를 보냈다!

그 주술사를 부장님과 아케노 씨가 막아섰다——.

"악마 여성에게 엉큼한 짓을 하려고 한 괘씸한 자……. 그 죄는 만 번 죽어 마땅해. 그레모리 공작의 이름으로, 너를 날려버리겠어!"

부장님은 손에 강대한 멸망의 마력을 모았고——.

"어머어머, 모처럼 기나긴 잠에서 깨어났지만…… 나쁜 애는 벌을 받아야겠죠."

아케노 씨는 가학적인 표정을 지으며 양손에 번개를 생성했다.

『이, 이것들이!』

주술사는 다시 지팡이를 거머쥐려 했지만——.

"소멸해!"

"작별이군요!"

부장님이 멸망의 마력을 날렸고, 아케노 씨가 번개를 뿜었다.

『끄어어어어어어어어어어어어어억!』

부장님과 아케노 씨의 동시 공격을 맞고 만 주술사가 그대로 소멸해버렸다.

$- \circ \bullet \circ -$

"아아~ 엄청나게 고생하긴 했는데…… 결국, 악마의 삶과 일은, 이제까지 하던 대로 하면 되는 걸까……."

나는 부실 소파에 앉아서 한숨을 쉬었다. 옆에 있는 아시아가 눈을 반짝였다.

"잇세 씨! 저, 깨달았어요! 부장님 같은 멋진 여자 악마가 되겠어요! 평소 생활도 부장님을 따라 하면 언젠가 따라잡을 수 있을지도 몰라요!"

그것도 좀…… 부장님의 영향을 받은 아시아가 대담한 행동을 하게 될지도 모르지만…….

"신이시여, 제가 어엿한 악마가 될 수 있도록 지켜봐주…… 아얏!"

아, 또 기도했다가 대미지를 받았네…….

"후후후. 악마는 오랜 세월을 사니까, 천천히 생각해 보면 돼."

부장님은 우아하게 말하면서 홍차를 한 모금 마셨다.

확실히 그렇다. 나와 아시아도 느긋하게 앞으로 어떻게 할지 생각하면 된다. 우리는 아직 알아야 할 게 많으니 말이다.

"부장님. 또 부장님 앞으로 의뢰가 들어왔답니다."

아케노 씨가 그렇게 말하며 안으로 들어왔다.

"어머, 어떤 의뢰야?"

부장님이 묻자, 아케노 씨가 답했다.

"이번에는 중국의 고대 유적에서 출토된 관을 조사해 줬으면 한다는 부탁을 교수님의 친구에게 받았어요. 우후후, 어떻게 하죠?"

오오, 진짜야? 또 색골 주술사인 건 아니겠지?! 완전히 민폐였지만, 에로에로 장면을 접할 수 있으니 꽤 맛깔날지도 몰라!

"그거, 다른 상급 악마한테 돌릴 수 없을까? 좀 미심쩍거든. 그런 부끄러운 짓을 했는데, 결국 나온 건 그딴 녀석이었잖아. 그리고 얼마 전 일도 아직 완수하지 않았는걸."

부장님은 탄식을 터뜨리며 그렇게 말했다!

"그편이 좋겠죠."

키바도 동의했다!

마, 맙소사! 다른 악마한테 넘기는 거야?!

내가 아쉬워하자, 코네코는 도끼눈으로 나를 쳐다봤다.

"……역시, 잇세 신배는 항상 표정이 엉큼해요."

네, 죄송합니다…….

"어, 잇세군. 여기야, 여기."

"키바, 너도 여기 왔었구나."

"응. 재미있는 사람이 없나 해서 말이야.
잇세 군은 일 마치고 들른 거야?"

"그래. 뭐라도 마시고 한숨 돌릴까 해서.
아아, 이런 가게가 있으니까 참 좋네."

"맞아. 마음 편하게 들를 수 있거든.
아자젤 선생님에게 감사해야겠어."

"오, 잇세, 키바. 너희도 왔구나."

"방금 왔어.
그나저나…… 제노비아는 역시
가게 유니폼이 잘 어울리네."

"그렇지?! 나도 사실은 이렇게 쫙 빠지고
귀여운 옷을 입어보고 싶었거든!
정말 즐거워."

"이 가게가 생기고 나서,
다들 예전보다 더 자주 웃게 됐어."

"맞아. 처음에는 이런 가게를 만든다고 해서
놀랐지만 말이야. 몇 달 전이었더라……"

Life.5 주문은 악마입니까?

어느 날의 일이다.

리아스가 갑자기 충격적인 정보를 공개했다.

"쿠오우쵸에 회원제…… 우리 전용 카페를 만든다고?"

나는 리아스의 말을 되물었다.

저녁 식사를 마치고 다 같이 거실에서 쉬고 있을 때, 느닷없이 카페 이야기를 들은 것이다.

리아스는 홍차가 담긴 찻잔을 우아하게 입으로 가져가며 말했다.

"그래. 3대 세력의 동맹 후에 아자젤이 구입한 부동산 중 하나를 팀 『D×D』 한정 카페로 만들자는 이야기가 나온 것 같아. 마침, 그 매물의 최상층이 카페로 만들기 딱 좋은 공간이래."

선생님의 유산……이라고 하면 격리 결계 영역에서 싸우고 있는 아자젤 선생님에게 실례되는 소리겠지만, 그 사람은 대체 이 동네에 부동산을 몇 개나 가지고 있는 걸까…….

우리들 「효도 잇세이」 권속이 악마 영업을 할 때 이용하는 사무소도 원래는 아자젤 선생님이 소유한 부동산 중 하나다.

리아스가 미소를 지으며 제안했다.

"그럼 좀 보러 갈까?"

그리하여 우리는 그곳으로 가 봤다.

그곳은 쿠오우쿄 번화가에 있는 빌딩 최상층이었다. 우리는 전이 마방진으로 그곳에 직접 이동했다.

빈 점포가 눈앞에 있었다.

안에 들어가 보니── 레스토랑 같은 넓은 공간이 있었다.

나는 주위를 둘러보며 말했다.

"진짜네. 음식점 같은 구조네."

이 동네에서 태어나서 자랐지만, 여기에 원래 빌딩은 있었다……고 생각한다. 하지만, 최상층에 어떤 가게가 있는지는 몰랐다……. 가까운 곳일지라도, 세세한 부분까지는 모르는 경우가 드문드문 있긴 해…….

──그때, 안쪽에 불이 들어와 있다는 것을 눈치챘다.

그곳에서 고개를 빼꼼 내민 이는── 이리나였다.

"아, 잇세 군과 리아스 씨! 다들 왔구나!"

이리나는 저녁 식사를 마친 후에 아시아, 제노비아와 함께 '볼일이 좀 있으니까 나갔다 올게.' 하면서 집을 나섰는데…… 여길 간 거구나!

"이리나는 왜 여기 있는 거야?"

내가 묻자, 이리나가 답했다.

"아, 이 가게를 열 준비를 하고 있었어. 교회 관계자가 주로 운영하게 됐거든. 그리고 나뿐만이 아냐."

그렇다면…… 아까 같이 외출한 멤버들도? 이리나가 안쪽으로 고개를 돌리자…….

"잇세 씨, 리아스 언니, 그리고 여러분. 오셨군요."

"다 같이 여기에 왔나 보네."

아시아와 제노비아가 모습을 드러냈다.

그리고 안쪽에서 낯익은 인물이 얼굴을 비쳤다.

"어라라. 효도 가의 여러분이 왔네요."

그렇게 말한 린트 세르젠 양과 함께 검정 수녀복을 입은 미소녀가 모습을 드러냈다!

이 검정 수녀복 차림의 여자애는 미라나 샤타로바 양! 정교회의 시스토라이며, 4대 천사 중 한 명인 가브리엘 씨의 『에이스』! 회색이 섞인 푸른 눈동자가 참 아름답다! 베일 밖으로 드러난 애시블론드 헤어도 최고다.

현재 개최 중인 레이팅게임 국제대회에서 듈리오가 『킹』을 맡은 전생 천사들의 팀 『천계의 조커』 소속이며, 내가 이끄는 『일성의 적룡제』 팀과도 예선에서 맞붙었다.

"…………안녕하세요."

미라나 양은 우리와 면식이 거의 없어서 그런지 수줍은 듯 얼굴을 붉히며 몸을 배배 꼬았다.

이 애도 귀여운걸! 게다가 상당한 글래머……!

시합 때도 나는 용신의 힘이 담긴 『드레스 브레이크 용신식』을 써서, 그 수녀복을 갈가리 찢었다!

그때 본 알몸은…… 머릿속에 선명히 남았는데…… 므흐흐! 참 큼지막한 찌찌였어요!

"……선배, 표정이 엉큼해요."

코네코가 주의를 줬다! 아, 면목 없네!

"…………으으."

미라나 양은 손으로 가슴을 가렸다! 옷을 입고 있지만, 당시일을 남이 떠올리는 게 싫은 것 같다! 미안하지만, 저러는 모습도 참 귀엽다!

어, 어험……. 이야기를 돌리지 않았다간 미라나 양이 나를더 기피할 것 같다.

어라? 나는 시야 구석에 있는 수상한 인물을 발견했다. 화장실 문에서 얼굴만 빼꼼 내민―― 백발 남자애다. 나이는 열한두 살 정도일까?

왠지 얼굴이 눈에 익었다.

내 시선을 눈치챈 건지, 린트 양은 내 시선을 쫓아서 화장실 문뒤에 숨은 남자애를 발견했다.

린트 양이 말했다.

"아~ 저 애 말이군요. 저 애는 시구르드 기관의 유망주예요. 자, 이쪽으로 와요."

린트 양이 남자애에게 손짓했지만…… 부끄러운 건지, 화장실로 도망쳤다.

그래. 시구르드 기관―― 하얀 머리 교회 전사를 육성하는 조직 출신이구나.

거기서는 영웅 시구르드의 피를 이은 자들 중에서 마제검(魔帝劍) 그람을 다룰 수 있는 진정한 후예를 창조하는 것을 목표로 삼고 있었다.

정신 나간 소년 신부 프리드와 예전 영웅파의 서브 리더——지크프리트, 린트 양도 거기 출신이다.

그래서 그럴까. 저 애는 지크프리트와 비슷하게 생겼다.

시험관 아기 실험도 하던 조직이라 그런지 유전자가 거의 같기에, 외모가 흡사한 거기 출신자도 있잖아. 프리드와 린트 양을 비롯해서 말이지.

린트 양이 대신 소개했다.

"시그문드라고 하는 애예요. 가까운 사람들은 시그라고 부르죠. 저와 프리드 오빠의 유전자 정보와 지크 선생님의 유전자 정보를 절반씩 가졌어요."

남자애는 또 문에서 얼굴만 내밀며 우리를 쳐다보았다.

린트 양이 말했다.

"바티칸 측에서 시긋찌를 이쪽에서 써달라는 지시를 내렸거든요. 본부에서는 여러모로 벅찬가 보더라고요."

흐음, 이쪽으로 파견된 기관의 유망주인 거네. 그리고 린트 양은 '시긋찌'라고 부르는 건가.

이쪽을 뚫어지게 쳐다보지만 좀처럼 마음의 문을 열지 않을 것 같았기에, 우선 이리나와 이야기를 나누도록 할까.

내가 다시 이리나에게 말했다.

"실은 이 가게에 대해 방금 들었어."

"그랬구나. 잇세 군은 아직 몰랐나 보네. 하긴, 우리도 얼마 전에야 알았어. 그래서 오늘은 다 같이 청소하기로 한 거야."

이리나가 그렇게 말했다.

이 가게는 교회 관계자가 맡는다고 아까 이리나가 말했지? 그러고 보니 준비 중인 이 곳에서 작업을 하는 자들도 하나같이 교회 관계자네.

내가 보자, 리아스는 내 생각을 예상하고 설명해 줬다.

"이 가게에 관해 상층부에서 이야기가 오갔나 봐. 빌딩의 소유주는 그리고리. 이 가게 자체는 천계. 프로듀스는 효도 가에 사는 우리들, 명계 관계자가 맡게 됐어."

3대 세력에서 그렇게 조율한 것 같았다.

리아스는 마력을 써서 자료 같아 보이는 종이 다발을 꺼내더니, 그것을 가게 카운터에 두어 다른 멤버들에게 보여줬다.

"일단 가게 인테리어는 그레모리 가문 사람인 내가 맡기로 했어. 이미 테이블과 의자를 다수 주문해둔 상태야. 이런 느낌의 가게로 꾸며 볼까 해."

자료에는 가게 안의 완성 예상도가 실려 있다. 분위기가 차분한고, 세련된 인테리어였다.

의자와 테이블 및 소파도 고급스러웠다. 별실도 여러 개 있는 것 같으며, 거기서 이런저런 이야기도 나눌 수 있을 것 같았다.

"역시 리아스 님, 센스가 뛰어나세요."

자료의 예상도를 본 레이벨은 리아스의 센스에 감탄했다.

제노비아도 대걸레를 한 손에 들고 이렇게 말했다.

"그건 그렇고, 팀『D×D』한정 카페라. 센스 있다고 생각해."

"가까운 사람들만의 비밀 가게가 있으니, 가슴이 두근거리네!"

이리나도 동의했다.

리아스가 그 말을 듣고 말했다.

"『D×D』는 결성 이후로 서서히 멤버가 늘어났어. 하지만 그 중에는 교류가 거의 없는 소속 멤버가 있는 것도 사실이야. 평소 거의 이야기해 본 적 없는 멤버들과의 교류 장소가 되면 멋질 것 같아. 나도 그런 장소를 만들자는 생각으로 가게 인테리어를 프로듀스할 생각이야."

맞는 말이다. 『D×D』를 결성하고도 적대 세력과 싸울 때 말고는 이야기를 나눌 기회가 적었다. 아니, 파티 등을 열거나 따로 모인 적도 있지만, 전원이 모이는 일은 없다고 해도 과언이 아니다.

『D×D』 소속 이전에, 멤버마다 원래 지위와 역할이 있거든.

게다가 서포트 요원과 준(準) 멤버까지 포함하면 상당히 많다.

나는 많은 사람과 이야기를 나눴지만, 아직 서로 제대로 이야기를 나눠 본 적 없는 사람도 있을 것이다.

"그럼 손님이 동료들이라면, 점원은 누가 맡아?"

내가 물었다.

이리나는 손으로 V사인을 만들며 답했다.

"기본적으로는 우리, 천사가 맡을 거야! 그리고 교회 관계자이기도 한 아시아 양과 제노비아도 도와줄 예정이지. 다들 한가할 때 도와주면 좋을 것 같아!"

아하. 천사와 아시아, 제노비아 같은 교회 관계자가 점원을 맡는 거구나. 뭐, 가게를 맡기기로 했으니 당연한 걸까.

천사가 음료를 내주는 것도 괜찮겠는걸!

제노비아와 아시아가 힘찬 목소리로 말했다.

"맡겨만 줘! 음식점 점원도 동경했거든!"

"네! 기대돼요!"

프로듀스를 맡은 리아스와 아케노 씨도 즐겁게 말했다.

"자, 아케노. 어떻게 할까? 우선 커피 원두와 홍차 잎, 명산지의 녹차를 구해야겠어."

"간단한 식사 메뉴도 있으면 좋을 것 같군요. 샌드위치는 기본이고…… 주먹밥 같은 게 있으면 재미있을 것 같아요."

자료를 펼치며 이런저런 이야기를 나누기 시작했다.

──바로 그때, 코네코가 리아스에게 물었다.

"……리아스 언니. 가게 이름은 뭐로 할 건가요?"

리아스는 턱에 손을 대며 생각에 잠겼다.

"그래……. 그것도 중요해. 으음……. 천사 측에는 괜찮은 아이디어가 없니?"

리아스가 이리나에게 물었다.

이리나는 쓴웃음을 지었다.

"이런저런 의견이 나오기는 했는데, 보류 중이야. 성인의 이름을 붙이면 악마와 타천사는 들어오기 힘들고, 성스러운 가호가 가게에 발생할지도 모르거든~. 그렇다고 명계 느낌의 흉흉한 이름도 천계 입장에서는 좀 그래."

리아스는 그 말을 듣고 고개를 끄덕였다.

"그래. 그건 나중에 결정하자. 간판도 포함해서."

내가 리아스에게 물었다.

"그런데 개점은 언제야?"

"다음 주에는 오픈할 예정이야."

빠르네. 뭐, 의자와 테이블은 그레모리 가의 관계자에게 주문하면 악마 파워로 어떻게든 되려나. 회원제라 손님 숫자도 한정되니까, 준비할 식재료도 많지 않을 거야.

그런 느낌으로 쿠오우쵸에 테러리스트 대책팀 『D×D』 전용 카페가 오픈하게 되었다——.

팀 『D×D』 한정 회원제 카페가 오픈되고, 얼마 후의 일이다.

내가 얼굴을 비춰보니, 이미 손님—— 정확하게는 동료들이 드문드문 자리에 앉아 있었으며, 가게 안을 신기하다는 듯이 둘러보며 쉬고 있었다.

"어머, 잇세 군. 어서 와."

이리나가 나오며 나를 맞이했다. 점원용 유니폼이 귀엽네!

"빈자리가 있으니 거기로 안내할게."

이리나의 말에 따라 가게 안을 둘러볼 수 있는 위치의 자리로 안내됐다. 도중에 아는 멤버들과 "어, 왔구나.", "안녕." 하고 인사를 나눴다.

나는 안내된 자리에 앉아서 이리나에게 물었다.

"손님들은 많이 와?"

"응. 꽤 많긴 해. 효도 가에 사는 사람들도 시간이 생기면 들르고, 관계자가 친구나 아는 사람을 데려오기도 해."

흐음~ 의외로 성황인 것 같다.

일단 회원제라서 가게에 오는 방법도 한정되어 있으며, 이 빌딩 최상층의 한편에 설치된 전이형 마방진이 주된 이동 방법이다. 나도 효도 가의 지하에 있는 대형 전이형 마방진을 통해 빌딩의 마방진으로 직접 전이한다.

일반인이 들어오지 못 하게 하는 술식이 최상층에 펼쳐져 있으며, 엘리베이터도 이 최상층에는 서지 않도록 조작된 것 같았다. 또한 계단에도 환술이 걸려 있어서, 일반적인 사람들은 이곳에 올 수도, 인식할 수도 없다.

"그럼 아이스 커피 한 잔 줘."

──하고, 나는 이리나에게 주문했다.

"네~ 감사합니다~."

이리나는 그렇게 응대한 후, 가게 안쪽으로 향했다.

문득 유니폼 차림의 미라나 양(귀엽다)과 눈이 마주쳤지만…… 또 가슴을 손으로 가리며 나를 피했다…….

자, 마음을 다잡고 여기 온 목적을 실행에 옮기자. 그것은 이 가게의 상황을 살피는 것과…… 이 가게에서 어떤 조합의 대화를 들을 수 있는지 파악하는 것이다.

약간…… 아니, 많이 신경 쓰이는 조합으로 대화가 이뤄지고 있었다. 여기에 오면 그것을 들을 수 있을지도 모른다는 생각에, 흥미를 억누를 수가 없었다.

한동안 가만히 있으니…… 스트라다 예하가 카페에 들어왔다! 예하는 내 자리에서 조금 떨어진 곳에 앉았다. 그리고 사이라오그 씨도 가게에 나타났다.

아시아에게 자리를 안내받던 사이라오그 씨가 스트라다 예하와 시선이 마주쳤다.

"오오…… 바스코 스트라다 예하 아니십니까!"

"흠, 바알 가의 차기 당주 아닌가. 만나서 반갑네."

"당신과 한번 이야기를 나눠보고 싶었습니다. 부디 합석해도 되겠습니까?"

"나 같은 노골이라도 괜찮다면 그리하게."

이리하여, 사이라오그 씨와 스트라다 예하라는 조합이 탄생했다! 우와~! 파워와 파워의 합석이다!

사이라오그 씨가 블랙 커피를 마시며 말했다.

"대회 시합은 잘 봤습니다. 그리고 바알 가에 전해져 내려오는 근대의 자료에서도, 당신의 젊은 시절 활약상이 실려 있었죠. 특히 제2차 세계대전 시절에 활약하신 일화는 경이롭기 그지없었습니다."

"후후후, 부끄럽기 그지없구먼. 대왕가의 자료에 치기 어린 시절의 내 기록이 남겨져 있을 줄이야."

"동맹 전에는 저희 바알의 병사들에게도 꼭 피해야 할 상대 중 한 명으로 당부했을 정도입니다. 이렇게 함께 커피를 마시게 되다니…… 세월이란 참 알 수 없는 것이군요."

"그건 나도 동의한다네. 그건 그렇고, 이 커피……."

예하가 컵을 손에 쥐며 말했다.

"바알 가에서 추천한 거라고 들었네."

사이라오그 씨는 약간 부끄러워하며 볼을 긁적였다.

"네. 커피 원두에는 꽤 까다로운 편이라…… 리아스가 저에게 의견을 구했죠."

아~ 이 커피! 왠지 익숙한 향기와 맛이라고 했더니, 사이라오그 씨가 추천한 거구나!

나는 사이라오그 씨에게 커피를 대접받은 적이 있는데, 이 아이스 커피는 그것과 맛이 비슷해. 사이라오그 씨는 커피를 좋아하거든.

맛이 완전히 똑같지 않은 건, 원두가 다르기 때문일까? 아니면 끓인 사람이 다른 탓이려나?

스트라다 예하가 말했다.

"매우 마시기 쉽고, 익숙한 맛이군. 전체적으로 마일드한 만큼, 이곳을 찾는 많은 이들의 입에 맞겠어."

사이라오그 씨는 더 멋쩍어하며 말했다.

"리아스도 폭넓은 객층이 선호할 원두를 소개해달라고 부탁해서, 품종과 함께 블렌드의 배합을 가르쳐줬습니다. 예하의 입에 맞다니, 영광이군요."

사이라오그 씨가 저렇게 멋쩍어하는 건 드문 일이다. 스트라다 예하와 이야기를 나누는 것, 그리고 자기가 소개한 커피가 호평을 받아 기쁜 것이리라.

스트라다 예하가 사이라오그 씨에게 물었다.

"나는 조금 더 쓴맛을 선호하는데, 혹시 추천하는 커피가 있나?"

"오오, 실은 나…… 저도 그런 커피를 좋아합니다. 부디, 다음에——."

그런 식으로 사이라오그 씨와 스트라다 예하라는 기묘한 조합의 대화를 들을 수 있었다.

다른 날에 이곳에 와보니—— 다수가 둘러앉을 수 있는 자리에 발리, 미후, 당대의 저팔계(돼지 얼굴의 인간형 요괴), 자주색 머리카락이 부드럽게 살랑거리는 귀여운 여중생인 당대의 사오정 양이 앉아 있었다.

맞은편에는 초대 손오공 할아버지(투전승불), 뚱뚱한 돼지처럼 생긴 인간형 요괴 할아버지—— 초대 저팔계(정단사자), 해골 목걸이를 목에 건 수염이 덥수룩한 할아버지—— 초대 사오정(금신나한), 연꽃을 연상케 하는 옷을 입은 소년—— 나타태자, 이렇게 서유기 팀의 호화 멤버가 모여 있었다!

현대의 서유기 멤버와 초대 서유기 멤버가 한 곳에 모인 느낌의 자리다!

현대의 서유기 멤버는…… 발리 말고는 전원이 진땀을 삐질삐질 흘리며 긴장한 기색을 얼굴에 역력히 드러내고 있었다.

우선 미후 자체가 초대 손오공 할아버지를 거북하게 여기거든. 당대의 저팔계와 사오정 양도 초대 어르신을 어렵게 생각하는 것 같아.

초대 사오정 할아버지가 파르페를 먹으면서 발리 일행에게 물었다.

"요즘 어떠냐?"

미후가 억지로 웃으며 말했다.

"대, 대체 뭘 말하는 건데요……?"

초대 사오정 할아버지가 말했다.

"너한테는 멀쩡한 대답을 못 들을 것 같군. 그리고 팔계의 후손은 마조히스트에, 내 후손은 중딩이지. 그래서 리더인 발 군은 어떻게 생각하느냐?"

미후가 아니라 팀의 리더인 발리에게 질문을 던졌다. 게다가 초대 사오정 할아버지는 저 녀석을 '발 군'으로 부르네…….

발리가 대답했다.

"다들 대회에서 잘 싸워 주고 있어. 뭐…… 자기 실력을 발휘하지 못할 때도 있긴 하지만 말이야."

초대 사오정 할아버지는 그 말을 듣고 말했다.

"나도, 오공도, 팔계도, 후대는 재능은 있지만…… 젊어서 그런지 인내심이 없어서 원……."

쓴소리를 하는 초대 사오정 할아버지 옆에서는 초대 저팔계 할아버지가 파르페를 세 입 만에 다 비우더니, 점원인 아시아에게 "이걸 더 주문하마. 혹시 곱빼기는 없느냐?" 하고 묻고 있었다.

초대 손오공 할아버지가 말했다.

"뭐, 우리도 젊은 시절에는 너희보다 더 무모했지. 사부님과 여행을 하던 시절, 서량녀국에서 자모하의 물을 사부님과 팔계가 마신 적이 있거든."

초대 사오정 할아버지가 그 일을 떠올리며 연거푸 고개를 끄덕였다.

"그래. 그런 일이 있었지. 사부님과 돼지가 임신했었잖아. 거기 물을 마시면 남자라도 임신을 한다고."

"그 나라는 여자밖에 없는 나라였지. 이야, 지금 생각해도 참 즐거웠지. 안 그러냐, 오정?"

"그래, 동감이야."

여자밖에 없는 나라?! 그러고 보니 『서유기』에도 그런 내용이 있었지! 그냥 창작인 줄 알았는데……. 나중에 개인적으로 그때 이야기를 들어봐야겠어!

초대 손오공과 초대 사오정 할아버지가 이야기를 나누는 가운데, 현 서유기 3인방은 "그런가…….", "그랬군요……." 하고 억지로 맞장구를 칠 수밖에 없었다.

옆에서는 초대 저팔계 할아버지가 파르페 곱빼기를 먹으며 즐거워하고 있었으며, 나타태자는 졸린 듯한 표정을 짓고 있었다.

그 와중에 발리는 신경 쓰이는 점이 있는지, 할아버지들에게 물어봤다.

"그런데, 아까 그 『발 군』이란 호칭은———."

거기까지 말했을 때였다.

"저희 발 군이 항상 신세를 지고 있는 분들이군요."

어느새 발리의 옆에 금발 미녀 마법사——— 라비니아 레이니 씨가 앉아 있었다! 발리도 갑작스러운 등장에 놀란 눈치였다! 나와 발리에게 들키지 않으며 등장한 라비니아 씨를 보고 혀를 내두를 수밖에 없었다! 이천룡의 주위에 있는 여자들은 나와 발리에게 들키지 않는 기척 차단 스킬이 있나 봐!

누나 포지션이라고 할 수 있는 라비니아 씨가 등장한 탓에 발리도 쿨한 태도를 유지할 수가 없는 건지, 허둥대기 시작했다.

"라, 라비니아가 왜 여기에……?"

라비니아가 말했다.

"발 군이 신세를 지고 있는 분들과 만날 기회가 이렇게 생겨서, 인사를 드릴까 해서 왔어요."

그 말을 들은 초대 손오공 할아버지가 웃으며 말했다.

"끌끌끌! 뭐, 빙희 아가씨와 얼마 전에 우연히 만났거든. 그때도 백룡황—— 발 군을 돌봐줘서 고맙다는 말을 들었지."

그 말을 듣고 손으로 얼굴을 감싼 발리는 귀까지 새빨개져 있었다.

학교와 회사에서 신세를 지고 있는 지인에게 가족이 인사를 하러 간다면, 부끄럽긴 할 거야!

할아버지들이 '발 군' 이라고 부르는 것은 라비니아 씨와 만났기 때문일까.

발리의 옆에서는 이제까지 긴장한 기색이 역력하던 미후 일행이 웃음을 참고 있었다. 발리의 지금 모습이 그 정도로 웃긴 것 같았다.

그 덕분에 긴장이 풀린 것 같았고, 그 뒤로는 다소 화기애애하게 초대와 현대의 서유기 멤버가 이야기를 나누게 됐다.

——그런 조합을 볼 때도 있는가 하면, 다른 날에는…….

"저기, 매니저 양. 나는 몇 번째 여자가 될 수 있을까?"

"지, 직설적인 질문이네요……."

엄청난 대화를 나누고 있는 로이건 벨페고르 씨와 레이벨의 조합을 봤다.

왠지 합류해도 될 분위기가 아니었기에, 나는 떨어진 자리에서 대화를 듣기만 했다.

로이건 씨가 말했다.

"나는 벨페고르 가문에서 추방된 거나 다름없으니까, 내가 상대 집안에 들어가는 건 필수야. 하지만 나이 차이가 너무 나니까, 원래 인간이었던 남자가 보면 할머니가 다름없겠지?"

레이벨이 대답했다.

"그 점은 문제없을 거예요. 인간 남자의 감성으로 봤을 때, 겉모습이 젊다면 연애 대상으로서는 충분한 것 같으니까요."

"그런 이야기는 자주 듣긴 했는데……."

한숨을 쉰 로이건 씨는 문득 생각난 것을 레이벨에게 물었다.

"그런데 매니저 양. 역시 매니저쯤 되면 여러 방면에서 서포트해 주고 있지?"

"물론이죠? 언제 어느 때나, 어디서든, 모든 면에서 그분을 서포트하는 것이 제 소임이에요!"

레이벨이 자신만만하게 대답하자, 로이건 씨는 의미심장한 미소를 지었다.

"그럼, 그쪽 일도 해 주고 있어?"

"그쪽……?"

레이벨이 갑자기 생각에 잠기더니, 그 말의 의미를 눈치채고 얼굴을 새빨갛게 붉혔다.

"그, 그, 그, 그그그그그그쪽으로는…… 하지 않아요!"

레이벨이 상기된 목소리로 그렇게 말했다.

그런 레이벨의 반응이 재미있는 건지, 로이건 씨가 즐거운 듯이 물었다.

"그럼 장기적으로는 어때?"

레이벨은 한층 더 얼굴을 붉혔다.

"자, 장기적으로는…………."

"솔직히 말해 지금 그가 그런 쪽으로 원한다면, 거부할 수 있겠어?"

"거, 거부…… 그, 그건……."

"그걸 부정하면, 안 되지 않으려나?"

"으, 으으으으으……."

레이벨은 펄펄 끓어오른 것처럼 얼굴이 새빨개졌다.

"너무 음탕해요! 로이건 님!"

"어머, 나는 그런 의미로 질문한 건 아니거든? 매니저 양은 대체 어떤 상상을 한 거야?"

로이건 씨가 심술궂은 미소를 짓자, 레이벨은 눈이 빙글빙글 돌기 시작했다.

왠지 내가 끼어들기 어려운 분위기지만…… 요염한 로이건 씨와 귀여운 반응을 보이는 레이벨을 봐서 좋았다.

그리고 다른 날에는——.

"이쿠세 씨는 대학에서 동아리에 들어갔어?"

"일단 요리를 연구하는 동아리에 있기는 한데, 얼굴을 비추는 일은 적어. 임무도 있고, 바텐더도 해야 하거든."

리아스와 이쿠세 씨가 그런 대화를 나눴다.

나와 리아스, 이쿠세 씨. 흔치 않은 조합이다! 리아스에게 이쿠세 씨는 자신의 『퀸』인 아케노 씨의 친척이다.

리아스와 이쿠세 씨는 마침 대학생 토크를 시작했다.

두 사람의 대화에 끼어들까 했지만, 드문 조합이라는 생각이 들어 옆에서 잠시 이야기를 듣고 있자는 생각이 들었다.

대학생답게, 두 사람의 화제는 대학 생활 같다.

리아스가 말했다.

"대학에서 일본 문화 연구회라는 것을 만들기는 했는데, 연구를 위해 일본 각지를 여행 다닐 수가 없다니깐……."

"멤버는? 아케노 이외의 부원은 일반인들이야? 다들 여자란 이야기는 들었어."

"전부 우리의 정체를 아는 애들이야. 그래서 더 그래. 출신 가문이 특수한 애도 있어서, 일본의 유명한 곳에 갔다간……."

"아, 마를 쫓는 힘이나 이능력자를 막는 결계 혹은 술식을 설치한 곳도 있겠지."

이쿠세 씨가 그렇게 말하자, 리아스는 고개를 끄덕였다.

"각 세력의 동맹 이후, 『D×D』에 속한 나와 아케노는 특례로 허락되고 있지만……."

"다른 이능력자 혹은 특이한 힘을 지닌 일족은 일본의 명소에

가기 어렵다는 거구나."

"맞아. 그래서 아케노 경유로 히메지마 가문…… 5대 종가 측과 이야기해 볼까 해."

"아……. 5대 종가는…… 꽤 성가신 곳이야."

이쿠세 씨는 쓴웃음을 지으며 그렇게 말했다.

리아스도 쓴웃음을 머금었다.

"역시 경험자의 발언은 무게가 다르네."

나는 리아스의 옆에서 그런 대학생 간의 대화를 듣고 있었다.

이렇게 카페에 오면, 정말 특이한 조합의 대화를 들을 수 있어서 매우 즐겁다.

하지만 때로는 무거운 분위기가 감도는 조합도 있다.

나는 그런 장면을 목격하고 말았다.

"…………."

"…………."

어느 날, 나는 키바와 키바의 동지인 토스카 씨와 함께 셋이서 카페에 왔는데…… 그때 마주친 것이 백발 남자애── 시그문드였다.

시그문드는 키바를 보자마자 대담하게도 그 앞자리에 앉았다. 그리고 키바를 뚫어지게 보았다. 표정과 눈빛이 꽤 복잡해 보였다.

처음 만났을 때는 수줍은 듯 화장실 문 뒤에 숨었는데…… 오늘은 키바에게 매우 관심을 보이는 것 같다.

나와 토스카 양은 말로 형용할 수 없는 분위기에 긴장할 수밖에 없다. 키바와 시그문드를 번갈아 보지만, 난처해하는 키바와 진지한 시그문드는 좀처럼 대화를 이어가지 못했다.

"으음…… 시그문드 군이지……? 나한테 무슨 볼일 있니?"

키바가 난처한 표정으로 물어도——.

"…………"

시그문드는 침묵을 지킬 뿐이다.

이대로는 대화가 이어지지 않을 것이다. ——하지만 함부로 끼어드는 것도 좀 그럴 것 같아서, 나와 토스카 씨는 점원인 린트 양을 빈자리로 불러서 자초지종을 물었다.

"왜 저러는 거야?"

나는 키바 쪽을 쳐다보면서 린트 양에게 물었다.

린트 양이 말했다.

"시긋찌는 지크 선생님을 존경하거든요. 그래서…… 뭐, 여러모로 복잡하겠죠~."

아~ 복잡할 만하네. 키바는 지크 선생님, 그러니까 지크프리트가 지니고 있던 마제검 그람을 이어받았거든……. 게다가 키바는 지크프리트를 물리쳤어.

지크프리트를 존경하는 시그문드가 보면, 키바는 원수……인 걸까?

린트 양이 밝은 목소리로 말했다.

"키바꾼 선배~는 시구르드 기관과 인연이 깊은 사람이라 할 수 있거든요. 프리드 오빠와 지크 선생님을 쓰러뜨리고, 그람도 손에 넣었잖아요. 게다가——."

린트 양의 시선이 토스카 양에게 향했다.

"동지인 토스카 언니도 시구르드 기관 출신인걸요. 진짜로 키바꾼 선배~는 우리 조직과 인연이 깊다니까요."

토스카 양은 그 말을 듣고 이렇게 말했다.

"저, 저기, 린트 양…… 언니라니……."

"아, 나이로 보면 저와 비슷하거나 살짝 많죠? 그리고 같은 기관 출신이니 자매나 다름없죠! 그러니 언니라고 부를게요."

"하, 하지만, 저는…… 잠들어 있던 시기가 있으니까……."

"에이, 그래도 언니는 언니예요."

"으, 으음……."

토스카 양은 린트 양의 태도에 어떻게 반응해야 좋을지 모르겠다는 눈치였다.

우리가 키바와 시그문드를 지켜보고 있을 때, 드디어 두 사람 사이에서 움직임이 있었다.

시그문드가 입을 연 것이다.

"그람…… 가지고 있다면서요?"

"응. 지금은 내가 주인이야."

"원래는, 지크프리트 선생님의 검……."

"맞아."

"지크프리트 선생님은…… 나쁜 사람, 이었나요?"

꽤 직설적인 질문이다. 지크프리트를 존경하는 소년에게, 뭐라고 답하면 될까.

이건 지크프리트를 해치운 당사자인 키바가 답해야만 한다.

키바는 차분하게 대답했다.

"그는 그 나름대로 신념을 지녔을 거야. 하지만 나에게 그는 적이었어. 그래서 쓰러뜨린 거야. 그러지 않았다면, 우리가 당했을지도 모르거든."

키바가 성실히 답하자, 시그문드는 고개를 숙이며 말했다.

"저는…… 선생님이, 안타까운 사람이라고 생각해요. 강하니까, 그람에게 선택받았으니까……. 그래서, 옛날의 기관에서는 누구에게도 기댈 수가 없었겠죠."

"그 시절 교회의 구조라면……. 그랬겠지."

키바의 눈동자는 비애로 가득 찼다. 예전의 교회에서는…… 슬픈 일이 잔뜩 일어났잖아……. 키바와 토스카 양을 비롯해, 『성검 계획』의 동지들은 그 희생자다.

"시그문드…… 군, 너는 누군가에게 기대고 있니? 믿고 의지할 사람이 있어?"

키바의 질문에 시그문드는 고개를 끄덕였다.

그러자 키바는 미소를 지었다. 시그문드의 말을 통해 현재 교회의 구조를 알고, 안심한 것이리라.

시그문드는 마음을 다잡더니, 이렇게 선언했다.

"저는 그람의 다음 소유자가 되는 게 꿈, 이에요. 그러니, 언젠가, 이자이야 씨…… 키바 씨에게 도전하겠어요. 지크프리트 선생님을 넘어서는 그람의 소유자가 될 거예요. 되고, 싶어요! 그, 그게 영웅 시구르드의 후손인 제…… 꿈, 이에요!"

──아.

그것이 이 백발 남자애의 꿈, 야망인가.

그 말을 들은 키바는 놀라면서도, 부드러운 미소를 머금었다.

"알았어. 나도 지지 않도록 더욱 정진할게."

키바가 그렇게 말하자, 시그문드는 환한 미소를 지었다.

"훌쩍. 자, 잘됐네요오오오오오오, 시긋찌이이이잇!"

어라라라! 내 옆에 있던 린트 양이 웬일로 오열하네에에엣?!

시그문드는 린트 양에게 다가갔다.

"린트 누나. 나, 말했어."

"그래요. 보고 있었어요! 참 잘 컸어요, 시긋찌!"

"누나, 그만 울어."

무거운 분위기 속에서 시작된 대화도, 이렇게 훈훈하게 끝이 났다.

키바와 토스카 양은 다른 볼일이 있어서 먼저 돌아갔고, 나는 아시아가 일을 마칠 때까지 기다린 후에 같이 귀가하기로 했다.

──바로 그때 나타난 인물은 바로……!

"어머, 효도 잇세이 군."

안경을 쓴 대공 아가레스 가문 차기 당주, 시그바이라 아가레스 씨였다!

"시그바이라 씨! 차, 차를 드시러 온 거예요?"

"네. 여기서 잠시 쉰 후, 효도 가에 가려던 참이에요. 마침 잘 됐어요. 당신에게 볼일이 있었거든요."

"보, 볼일이라고요?"

시그바이라 씨는 안경을 반짝이며 손을 내밀며, 나에게 자리를 권했다. 그리고 시그바이라 씨는 손 언저리에 소형 마방진을 전개했다.

마방진에서 출현한 것은 『기동기사 던감』 프라모델이었다! 꽤 신경 써서 만든 건지, 세세한 부분까지 완벽하게 도색이 되어 있었다!

"당신이 『던감 베이스』에서 사다 준 한정 던프라를 드디어 완성해서, 보여드리고 싶던 참이었어요."

『던감 베이스』란 오다이바에 있는 『기동기사 던감』 프라모델 전문 메이커 직영점이다.

일전에 시그바이라 씨의 부탁으로, 나는 그곳에 가서 한정 던프라를 사서 보내줬다!

시그바이라 씨는 테이블 위에 마방진을 전개하더니, 던감의 자료를 산더미처럼 출현시켰다.

완성된 던프라를 보여주며, 자료와의 대조가 시작됐다아앗!

시그바이라 씨가 열띤 목소리로 말했다!

"설정에 따라 세세한 디테일까지 신경을 썼죠. 여기! 이 백팩 부분 말인데, 이 자료를 보면 여기에 사벨락이 없지만, 후년에 나온 이 자료를 보면 있더라고요. 그리고 다리 스러스터도 자료마다 해석이 다른데, 저는 초기 설정이 취향——."

그리하여 나는 폐점 직전까지 시그바이라 씨와 던감 토크를 하게 됐다——.

이 카페에서는 기묘한 조합이나 감동적인 만남을 접할 때도 있지만, 던감 토크가 펼쳐질 때도 있다니깐!

여담으로, 가게 명칭은 『C×C』로 정해졌다. 이유는 카페, 성직자(Cleric), 클럽, 커뮤니티, 콤비네이션 등의 단어가 C로 시작되기 때문이다. 이 명칭을 지은 사람은 미라나 샤타르바 양이었다.

팀 『D×D』의 이름의 유래 중에는 'D로 시작되는 단어' 라는 것이 있으니, 적절할지도 모른다.

앞으로도 이 『C×C』에서 다양한 만남을 보고 싶고, 체험해 보고 싶어!

Life.6 개업! 그레모리 부동산!

어느 휴일.

나와 리아스, 아케노 씨, 레이벨은 넷이서 우리 집인 효도 가 지하 3층에 있는 전이용 방에서 손님이 오기를 기다리고 있었다.

어젯밤에 리아스한테서 이런 말을 들었다.

"명계에서 손님이 오기로 했어."

"손님? 악마야?"

내가 그렇게 묻자, 리아스는 고개를 끄덕였다.

리아스는 이어서 이렇게 말했다.

"바알제붑, 아스모데우스의 관계자…… 즉, 아스타로트 가문과 그라샤라보라스 가문의 관계자야."

명계―― 악마 세계의 정점에 있는 4대 마왕, 루시퍼, 바알제붑, 레비아탄, 아스모데우스. 세습이 아니라 이름을 이어받는 것이라서 각 마왕을 배출한 가문이 네 군데 있다. 그레모리, 아스타로트, 시트리, 그라샤라보라스다.

네 가문은 순혈 상급 악마 72위의 수장인 대왕 바알 가문, 대공 아가레스 가문과 어깨를 나란히 하고, 이렇게 여섯 가문은 명계에서도 알아주는 명가다.

그런 명가인 아스타로트 가문과 그라샤라보라스 가문에서 손님이 온다……. 게다가 2대 루시퍼인 서젝스 루시퍼 님을 배출한 그레모리 가문의 차기 당주 리아스를 찾아오는 것이다——.

시트리 가문—— 소나 선배라면 리아스의 소꿉친구이자 오컬트 연구부 멤버와도 친분이 있으므로 편하게 대해도 되겠지만…….

리아스의 말투로 볼 때, 친분이 별로 없는 손님 같았다.

그런 어젯밤의 일이 있었기에, 이런 접대 태세가 갖춰졌다.

이 방에서 몇 분 정도 기다리자—— 바닥의 거대 마방진이 빛을 뿜으면서 누군가가 전이해왔다.

전이형 마방진을 통해 나타난 사람은 네 명의 남녀였다.

가장 눈에 띄는 손님은 긴 금발(끝부분이 푸른색을 띠었다)에 날카로운 눈매를 지닌 미소녀였다. 같은 또래로 보였으며, 귀족 느낌의 드레스를 입고 있었다.

또한 찌찌가 리아스에게 버금갈 정도로 크다! 몸매가 완벽 그자체인걸!

눈매가 날카로운 미소녀 손님은 손에 우아한 부채를 들고 있었다. 풍기는 분위기로 볼 때, 콧대가 높을 것 같았다. 성격에 문제가 있어 보이네…….

그 소녀는 정장 차림의 호리호리한 남자(미남!)를 거느리고 있었다. 분위기로 볼 때, 소녀의 수행원 같다. 몸에 두른 아우라가 상당한 것을 보니, 호위가 아닐까.

눈매가 날카로운 소녀 뒤에—— 미소녀가 한 명 더 있었다!

이쪽은 은발을 사이드 업 스타일로 묶은, 몸집이 작은 여자애였다. 처음 보는 교복을 입고 있었다. 몸집이 작지만…… 꽤 멋진 가슴을 가지고 있었다! 눈매가 날카로운 여자애보다는 작지만, 크기가 상당해 보이는걸…….

(잇세 님, 너무 가슴만 보지 마세요.)

레이벨이 작은 목소리로 나에게 주의를 줬다.

미안해.

하지만 나는 저 초면인 여자애의 가슴에 눈길이 계속 간다고나 할까…….

은발을 올려묶은 아담한 체구의 여자애는 정장 차림의 키가 큰 여성을 거느리고 있었다. 이쪽도 미녀잖아! 몸에 두른 아우라로 볼 때, 정장을 입은 남성과 마찬가지로 은발 여자애의 호위 같았다.

두 미소녀가 시종을 거느리고 전이해서 온 것이구나.

눈매가 날카로운 미소녀가 우리에게 인사를 건네왔다.

"만나서 반가워요, 팀 『D×D』의 여러분. 저는 새롭게 아스타로트 가문의 차기 당주가 된 라티아 아스타로트라고 한답니다. 처음 뵙는 분께서는, 앞으로 잘 봐주셨으면 해요."

──윽!

아스타로트 가문의, 차기 당주님?!

이 정보에 나는 깜짝 놀랐다! 당연했다! 아스타로트 가문의 예전 차기 당주는 디오도라 아스타로트라는 망할 자식이었거든.

『카오스 브리게이드』에 협력해서, 우리에게 맞섰던 놈이다.

결국 배신당해서 죽고 말았지만······.

그 후, 아스타로트 가문은 차기 당주인 디오도라가 테러에 가담한 것을 이유로 당주를 해임했고, 차기 마왕을 배출할 권리를 잃었다고 들었는데······.

그래. 새 차기 당주가 정해진 거구나. 그래서 이 미소녀── 라티아 씨는 '새롭게 차기 당주가 되었다'고 말한 거야.

라티아 씨는 리아스에게 의미심장한 미소를 보냈다.

"오래간만이야, 리아스 양."

"그래. 라티아. 반가워."

리아스의 반응을 보니 면식이 있는 사이, 그냥 지인 같았다.

내가 의아해하자 리아스가 설명해 줬다.

"라티아는 내가 쿠오우 학원에 오기 전····· 명계에서 지내던 시절에 알았어. 나이도 같아."

──아.

아, 그렇게 된 거구나! 일본에 오기 전 리아스의 지인. 둘 다 귀족에, 마왕을 배출한 가문에 있으니 교류도 있을 거야. 사교계 같은 데서 말이지.

나이가 리아스와 같다면, 나보다 한 학년 위다. 연상의 누님!

레이벨이 작은 목소리로 나에게 보충 설명을 해 줬다.

(라티아 님은 아스타로트 가문의 분가 출신이시며····· 아주카 바알제붑 님의 조카라고 할 수 있어요. 참고로 라티아 님의 어머님은 대공 아가레스 가문 출신이시죠.)

아주카 바알제붑 님의 조카! 대단한걸. 게다가 어머니가······

시그바이라 씨의 친척이구나.

라티아 씨의 어머니도 던감 마니아인 건 아니겠지? 나는 문득 그런 걱정이 들었다.

다음으로 은발 사이드업 여자애가 인사를 했다.

"나는 이류카 그라샤라보라스. 어쩌다 보니, 그라샤라보라스 가문 차기 당주가 됐어. 잘 부탁해."

반말캐! 그리고 얼굴에 감정이 드러나지 않는 포커 페이스 스타일이다.

어, 이 애도 차기 당주님이냐?! 그라샤라보라스 가문도 차기 당주를 누구로 할지를 가지고 골머리를 썩였다. 원래 차기 당주가 『카오스 브리게이드』의 구마왕파에게 암살당해서 차기 당주 자리가 비었던 것이다.

일단 제파도르라는 인상 나쁜 녀석이 후보였는데, 사이라오그 씨와 레이팅 게임에서 시합을 했다가 재기불능 상태가 됐다.

그런 일이 있었지만, 드디어 그라샤라보라스 가문도 차기 당주를 정한 거구나.

레이벨이 또 보충 설명을 해 줬다.

(이류카 양은 그라샤라보라스 가문의 본가 출신이며——.)

레이벨의 말을 끊듯, 이류카 씨가 레이벨에게 말을 건넸다.

"오래간만이야, 레이벨."

"네. 이류카 양도 건강해 보여서 다행이에요."

레이벨도 미소를 지으며 마주 인사했다.

나는 레이벨에게 물었다.

"리아스와 라티아 씨 같은 사이야?"

"유치원 때부터의 동급생이에요."

레이벨이 그렇게 답하더니…….

"레이벨, 전학했지만 예전에는 동급생이었어."

이류카 씨가 이어서 말했다.

유치원 때부터의 동급생이구나! 레이벨은 지금 쿠오우 학원으로 전학을 왔잖아. 전에는 같은 학교의 동급생이었던 거네.

그럼 레이벨과 같은 학년이니, 나보다 한 살 어린가.

리아스가 말했다.

"이류카는 악마 측의 명계── 수도 릴리스에 있는 명문 학교에 다니고 있어."

그래서 이류카 양이 교복 차림인 걸까.

그 후, 라티아 씨와 이류카 양은 대동한 정장 차림의 남녀가 각자가 이끄는 권속의 『나이트』라고 설명했다.

리아스를 비롯해, 상급 악마의 『킹』은 어딘가에 갈 때 『퀸』 혹은 『나이트』 아니면 둘 다 대동하는 것이 관습이거든.

──아스타로트 가문과 그라샤라보라스 가문의 차기 당주님인 미소녀 두 명을 이렇게 맞이한다고 하는 눈곱만큼도 예상 못한 사태가 벌어졌지만…….

어째서 여기 두 미소녀 귀족님이 우리 집에 왔는지, 리아스가 이야기해 줬다.

"실은 일전에 악마 정부── 바알제붑 님 측에서 연락이 왔어. 아스타로트 가문과 그라샤라보라스 가문, 두 가문의 차기 당주가 일본에 거점을 만들게 됐으니 협력해달래."

나는 그 말에 놀라며 말했다.

"어, 이 두 사람도 리아스와 소나 선배처럼 이 나라에 악마의 활동 거점—— 영역을 만든다는 거야?"

리아스는 고개를 끄덕였다. 아케노 씨가 놀라지 않는 것을 보면, 이 정보는 『퀸』인 아케노 씨를 통해 리아스에게 전해진 걸까.

라티아 씨가 말했다.

"나와 이류카는 각각 인간계의 다른 나라에 활동 거점을 가지고 있지만, 이번에 상부의 의향에 따라 이 나라에도 거점을 만들게 됐어."

나는 라티아 씨에게 물었다.

"상부의 의향…… 어떤 경위로 그렇게 된 건데요?"

라티아 씨는 접힌 부채를 턱에 대며 말했다.

"루시퍼와 레비아탄을 배출한 그레모리 가문과 시트리 가문의 차기 당주가 일본에 거점이 있고, 팀 『D×D』에도 속해 있잖아. 그러니 바알제붑과 아스모데우스를 배출한 아스타로트 가문과 그라샤라보라스 가문의 차기 당주도 일본에 거점을 둬야한다……는 의견이 상부에서 나온 것 같아. 견문을 넓히고 경험을 쌓는다는 의미에서, 나와 이류카가 이 나라에 거점을 만들게 됐어."

이류카 양이 고개를 끄덕였다.

"너희의 소문과 공적은 우리의 귀에도 들어왔고, 일본은 매우 재미있는 나라라는 이야기도 들었거든. 그래서 이 나라에 거점을 만드는 것도 괜찮겠다고 생각했어."

아하, 그런 경위가 있었구나.

그레모리 가문(내 권속도 포함)과 시트리 가문이 쿠오우쵸 주변에 거점—— 영역을 가지고 있으니, (정부의 의도도 고려해) 다른 두 가문의 차기 당주도 이 일대에 살게 하자는 걸까.

리아스가 라티아 씨와 이류카 양에게 물었다.

"이 일대는 적대 조직에 침입을 당하거나 감시를 당할 위험도 있어. 당신들과 당신들의 가문도 그 점을 고려한 거지?"

그건 그래. 이 일대는 팀 『D×D』의 멤버 중 다수가 살고 있어서 전투력이 엄청난 반면, 수시로 적대 조직의 표적이 되고 있어.

실제로 이 동네는 몇 번이나 전투의 무대가 됐지.

습격당할 가능성이 있는데도, 라티아 씨와 이류카 양은 이 땅에 거점을 만들 것인가? 리아스는 그 점을 확인하려는 것 같았다.

라티아 씨와 이류카 양이 말했다.

"신용을 잃은 아스타로트 가문이 과거의 영광을 되찾으려면 그 정도 위험을 감수해야 해. 디메리트를 각오하며 메리트를 취하겠어."

"라티아와 같은 생각이야. 그리고 좋은 경험이 될 거라고 생각해. 불성실한 발언일지도 모르지만, 재미있을 것 같다는 생각도 드네."

두 사람 다 나름대로 생각이 있으며, 위험을 감수하며 경험을 쌓고 싶다는 건가.

　특히 라티아 씨의 눈동자에는 각오가 보였다. 디오도라 탓에 신용을 잃은 아스타로트 가문의 주가를 조금이라도 올리고 싶은 것이리라.

　리아스는 그것을 확인한 후, 힘차게 고개를 끄덕였다.

　"알았어. 그럼 두 사람이 거점으로 삼을 장소를 찾아보도록 할까? 나와 레이벨이 거래하는 부동산에 부탁했으니까, 매물을 둘러보자."

　두 사람의 결의를 확인한 리아스가 그렇게 말했다.

　라티아 씨와 이류카 양도 리아스의 말을 듣고 미소를 지었다.

　──바로 그때, 라티아 씨가 나를 쳐다보며 이렇게 말했다.

　"효도 잇세이 씨. 당신의 권속인 아시아 아르젠토 양을 만나게 해 주지 않겠어?"

　"어? 으음, 아시아에게 확인해 볼게요."

　내가 그렇게 말하자, 라티아 씨는 진지한 표정으로 이렇게 말했다.

　"아스타로트 가문의 차기 당주로서, 전 차기 당주인 디오도라가 그 아이에게 저지른 짓을 사과하고 싶어. 당시의 『킹』인 리아스 양과, 현재 주인인 효도 잇세이 씨에게도 사과하게 해 줘."

　그렇게 말한 라티아 씨는 콧대 높아 보이는 이미지와는 다르게 진지한 태도를 취했다.

그 갑작스러운 말에 나는 놀랐지만——. 리아스가 그런 나에게 귓속말을 했다.

(라티아는 괜찮은 애야. 언뜻 보면 다가가기 힘든 분위기가 있는 것 같지만, 아주카 바알제붑 님과 마찬가지로 계급에 따른 차별 의식은 전혀 없어. 분가의 교육 방침일 거야.)

그렇구나. 콧대 높아 보이는 외모와 다르게, 실은 매우 좋은 사람인 거네.

아스타로트 가문의 분가는 귀족사회 안에서도 그레모리 가문, 시트리 가문과 마찬가지로 자유를 추구하는 파벌인 것 같다.

나는 그 말을 듣고——.

"알았어요. 아시아에게 말해두겠어요."

흔쾌히 승낙한 후, 아시아가 있는 곳으로 향했다.

——그런 일이 있고, 나와 리아스, 아케노 씨, 레이벨은 라티아 씨와 이류카 양의 거점 찾기—— 매물 찾기를 하게 됐다.

라티아 씨와 이류카 양과 함께 효도 가에서 가볍게 티타임(아시아에게도 그 자리에서 사과했다)을 가진 후, 나와 리아스, 아케노 씨, 레이벨, 제노비아(거점 찾기에 흥미가 있다며 따라왔다) 이렇게 다섯 명은 손님들과 함께 그레모리 가문과 시트리 가문, 타천사 조직인 그리고리가 애용하는 부동산을 찾아갔다.

그 부동산은 가까운 역에도 있으며, 쿠오우쵸를 비롯한 이 일대에 여러 지점을 뒀다. 기본적으로 일반인에게 건물과 토지를 소개하는 것이 주요 업무지만, 그레모리와 시트리, 그리고리와 인연을 맺은 후로는 이능을 지닌 사람과 이형의 존재와도 거래하게 됐다고 한다.

그리하여 우리는 가까운 역에 있는 『명왕 부동산』에 갔다. 리아스가 몇 번 이야기한 적이 있는 부동산인데, 왠지 부동명왕을 연상케 하는 이름인걸.

안에 들어가자, 지점장인 중년 남자가 나와서 우리를 맞이했다.

"리아스 양, 와 주셔서 감사합니다."

"점장, 잘 있었어? 예전에 말한 손님을 데리고 왔어."

"네. 그럼 안쪽으로 안내하겠습니다."

우리는 안쪽의…… 아니, 지하에 있는 한 방으로 안내됐다.

낮에는 일반 손님도 이곳을 이용하기 때문에, 이능력자와 이형의 존재, 초현실적인 존재는 전용 룸에서 응대한다고 한다.

점장님은 지하로 향하며 말했다.

"지하 응접실은 그레모리 양을 비롯해 아자젤 씨께 투자를 받아 만들었습니다. 설마 하룻밤 만에 지하실이 딸린 점포가 될 줄은 꿈에도 몰랐죠. 이야, 이형의 존재는 불가사의한 힘으로 하룻밤 만에 건물을 이렇게 뒤바꿔버리는군요. 부동산이나 건축회사는 두 손 두 발 다 들 지경입니다."

그런 이야기를 나누며, 우리는 지하에 있는 한 방으로 들어갔다.

그야 잠든 사이에 단독주택을 지상 6층 지하 3층짜리 대저택으로 개조할 정도로 악마와 타천사는 장난 아니긴 해. 에로방도 부동산 중개소에서 관점에서 보면 충격적이겠지.

지하의 넓은 응접실에 나, 리아스, 아케노 씨, 레이벨, 제노비아, 라티아 씨(와 남성 『나이트』), 이류카 양(과 여성 『나이트』)가 앉자, 점장과 젊은 남자 직원이 자료를 나눠줬다.

"일전에 알려주신 정보에 따라, 매물을 골라 봤습니다."

라티아 씨 진영과 이류카 양 진영이 각각 자료를 훑어봤다. 리아스와 레이벨도 자료를 살펴보며 "이건 좀 별로야.", "네, 동감이에요." 같은 말을 했다.

나도 자료를 봤지만…… 도면을 봐도 넓은지 좁은지 정도밖에 알 수가 없었다! 토지의 넓이와 역과의 거리, 구비된 설비 등에 관한 정보도 실려 있지만…… 이런 쪽으로는 해박하지 않기 때문에 뭐라 말할 수가 없었다.

현재 이용하는 『효도 잇세이 권속』 전용 사무소도 아자젤 선생님에게 물려받았을 뿐이고 말이야…….

──한편, 옆에 있는 제노비아가 진지한 표정으로 매물 정보를 보고 있었다.

"이해하는 거야?"

내가 그렇게 물었다.

제노비아는 진지한 표정으로 말했다.

"이해하고 싶어. 이런 정보는 장래에 분명 도움이 될 거잖아."

오호라. 그렇기는 하다. 나도 이해하고 싶다. 정말 배우려는 의지가 엄청난 애다.

"이 매물은———."

라티아 씨와 이류카 양이 부동산 중개사에게 말을 걸고…….

"네. 여기는———."

부동산 측도 그 말에 차근차근 정중하게 답했다.

매물 정보도 어느 정도 살펴본 후, 리아스가 라티아 씨와 이류카 양에게 물었다.

"어때?"

두 사람은 그 질문에 답했다.

라티아 씨는 확 끌리는 매물이 없었던 것 같았다.

"부동산 쪽 지식이 해박하지 않은데도 인간계의 가치관도 고려해야 하니 딱 잘라 말할 수는 없지만…… 자료만 보고는 '이거다' 싶은 걸 찾지 못했어."

이어서 이류카 양이 입을 열었다.

"일단 최소한의 조건을 꼽자면, 교회와 이 나라의 사찰이 근처에 없는 곳이 좋겠어."

그건 그래. 악마니까 교회나 사찰 근처에 가는 건 여러모로 좀 그럴 것이다. 3대 세력이 평화 조약을 맺었으니 옛날만큼 세력 간에 다툼이 일어나지는 않지만……. 신경이 쓰이기는 할 것이다. 내 사무소도 근처에 그런 곳은 없는 것을 보면, 아자젤 선생님도 그 매물을 확보하면서 그런 부분을 고려했을 것이다.

점장이 말했다.

"네. 자료에 실린 곳은 전부 그 점을 고려해 선정했으니, 안심해 주십시오."

오오, 역시 리아스와 아자젤 선생님이 애용하는 곳이다. 그런 부분은 이미 파악하고 있는 거구나.

레이벨이 라티아 씨와 이류카 양에게 말했다.

"저도 부동산 정보에 해박한 편은 아니지만, 인간계에 거점을 가지려면 역 근처가 좋을 거랍니다. 차가 있든 없든, 그편이 편리하죠."

"역 근처라면 어느 정도 거리인데?"

이류카 양이 레이벨에게 물었다.

"맨션이라면 10분 이내가 베스트. 단독주택이라면 15분 이내죠."

"으음, 고층 맨션도 좋지만, 인간계의 단독주택도 괜찮을지도 모르겠네."

라티아 씨는 부채를 턱에 대며 그렇게 말했다.

레이벨이 대답했다.

"단독주택을 구입할 거라면, 역에서 15분 이상 거리는 자산 가치도 하락할 뿐만 아니라 매각할 때 부동산 정보 사이트에서 거절당하기 쉬워요. 맨션은 보안이 좋다는 이점이 있지만, 구입하려면 맨션 조합에 가입——."

레이벨은 이런 쪽의 정보에서 해박하거든. 라티아 씨와 이류카 양의 질문에 부동산 중개업자 못지않게 대답하고 있었다.

리아스가 불쑥 나에게 귓속말을 했다.

(너를 위해 익힌 지식이야.)

(알아. 정말 고맙다니깐.)

레이벨한테는 항상 고마워하고 있어. 나에게는 최고의 매니저야!

리아스가 점장에게 불쑥 물었다.

"점장. 사고 매물이지만 집이나 토지 자체는 우량 매물인 곳은 없을까?"

"아, 으음. 물론 있습니다."

"그럼 그런 곳의 자료도 보여줘. 심각한 문제가 발생한 곳이라도 괜찮아. 그리고 폐공장이나 폐건물 같은 곳의 자료도 보여주면 고맙겠어."

레이벨이 그 말에 관심을 보였다.

"아하, 사고 매물이 있었군요!"

제노비아도 몸을 쑥 내밀었다.

"오오, 그런 방법이 있었지. 나도 교회 에이전트 시절에 사고 매물에 자주 갔어. 그 안에는 사람이 살 수 없는 게 아쉬울 정도로 좋은 집이나 토지도 있었지."

남자 직원이 1층에서 사고 매물 자료를 가지고 와서 우리에게 나눠줬다.

오, 역 근처의 넓은 집이 있네. 앗! 여기는 저택이야. 그러고 보니 유명한 유령 저택이나 귀신이 나오는 폐공장 같은 게 인근 역 부근에 있다는 소문을 학교에서 들은 적이 있어.

사고 매물을 본 라티아 씨와 이류카 양은 흥미가 생긴 것 같다.

"이 저택, 괜찮네."

"이 빌딩, 괜찮을지도 모르겠어."

그런 식으로 라티아 씨가 넓은 유령 저택을, 이류카 양이 빌딩 매물에 관심을 가졌다.

그 모습을 본 점장이 심각한 표정을 지으며 말했다.

"아스타로트 양께서 고르신 저택은 그곳을 지은 자산가를 비롯해 거기로 이사한 사람들도 괴현상에 시달리며 좋지 못한 결과를 겪었습니다. 담력 시험 감각으로 침입한 사람도 유령을 봤니 괴물을 봤니 같은 소리를 하며 이유 모를 몸살에 시달렸죠. 저희가 맡은 매물 중에서도 최악 클래스입니다."

이어서 남자 직원이 빌딩에 관해 설명해 줬다.

"이 빌딩은 영매사 분도 다가가지 못하는 곳이며, 이곳에 점포를 차린 이들은 하나같이 긴 머리 여성과 어린애 유령이 들러붙는다고 합니다. 저희 직원도 이곳을 맡은 후, 이유도 없이 몸상태가 나빠졌다고 호소했으며, 그 후로 '여자가 달려들어', '어린애가 숨어서 나를 쳐다봐' 같은 소리를 하며 마음이 망가진 끝에 병원 신세를……."

저택과 빌딩 둘 다 사고 매물이라는 말에 걸맞은 곳 같았다. 유령에 의한 괴현상, 저주? 같은 것에 시달리는 건 무섭지…….

그런 생각을 하고 있을 때, 리아스는 내 얼굴을 쳐다보며 웃음을 흘렸다.

"잇세는 방금 이야기를 듣고 약간 겁먹은 거야?"

"원래 인간이니까 무서울 수밖에 없잖아. 하지만…… 그런 건 우리—— 악마한테는 아무것도 아니겠지."

내가 쓴웃음을 머금으며 그렇게 말하자, 리아스는 힘차게 고개를 끄덕였다.

"맞아. 우리는 전설의 드래곤이나 다른 세력의 신급 존재와 싸워왔잖아. 원령이나 요괴 같은 건 아무것도 아냐."

아케노 씨가 「우후후」 하고 작게 웃으며 말을 이었다.

"매물의 악귀를 쫓으며, 내부를 살펴보는 건가요."

제노비아도 의욕적인 목소리로 말했다.

"성검으로 악령을 퇴치하는 건 내 특기야."

레이벨도 고개를 끄덕이며 말했다.

"상급 악마 여럿을 상대할 수 있는 원령이 존재할지 의심스럽지만, 가보도록 할까요."

──그렇게 의견이 일치하면서, 이제까지 괴물이나 신을 실컷 상대했던 우리는 사고 매물에 들러붙은 유령을 퇴치하기로 했다.

우리가 부동산 직원을 대동하고 처음으로 간 곳은 라티아 씨가 흥미를 보였던 저택이다.

역 근처에 있는데도 토지가 매우 넓고, 정원도 있으며, 높은 담에 둘러싸여 있었다. 미려한 문을 열고 정원을 가로지른 후, 을씨년스러운 저택 앞에 섰다.

오오, 저택에서 나쁜 아우라가 느껴지는걸. 아우라의 질로 볼 때 악령이나 요괴 같다.

"으으음, 나쁜 유령이 있는 것 같네."

이리나가 저택을 둘러보며 그렇게 말했다. 제노비아가 '악령 퇴치를 하러 갈 거니 도와달라.' 며 불러낸 것이다.

"일단 저도 따라왔어요. 도움이 될지는 모르겠지만요."

아시아도 이리나를 따라왔다.

부동산의 젊은 남자 직원이 겁먹은 눈치로 저택을 쳐다보며 말했다.

"이곳은 5년 넘게 사람이 살지 않았습니다. 정기적으로 청소와 정원 손질을 했습니다만…… 청소업자도 별로 들어가고 싶어 하지 않는 매물이라…… 몇 번이나 청소 회사를 바꿨죠."

업자가 청소할 때도 괴기현상이 일어나는 걸까.

그 말을 들은 리아스가 말했다.

"괜찮은 청소부가 필요하다면 소개해 줄게. 청소만이 아니라 악령도 간단히 퇴치해 줄걸?"

내 머릿속에 성창을 가진 청소부가 떠올랐다. 확실히 그 녀석이라면 청소도 해 주고 유령도 여유롭게 물리칠 것이다.

그런 이야기를 나누면서 유령 퇴치+내부 견학을 시작했다.

우선 현관홀로 갔다. 우리 집만큼은 아니지만, 충분히 넓다.

"어머, 생각했던 것보다 좀 좁기는 해도 분위기가 괜찮네. 인간계에 거점을 둘 거라면, 이 정도 넓으면 충분할 거야. 정원도 있으니 말이야."

라티아 양도 현관홀을 보고 약간 마음에 들어 했다. ……여기가 좁다니, 역시 상급 악마 공주님인걸!

갑자기 시야 구석에 불길한 그림자가 비쳤다. 2층 창가에서 인간이 아닌 무언가가 얼굴을 내밀고 있는데……. 아, 죽은 무사의 유령이다. 우리를 저주하는 듯한 표정이 아니라, 두려움에 찬 얼굴로 우리를 보고 있다. 하긴, 우리의 정체—— 상급 악마 이상의 존재가 단체로 왔다는 것을 알았을 테니 말이야.

그것을 확인한 제노비아가 성검 뒤랑달을 어깨에 걸쳤다. 이리나도 성검 오트클레르를 꺼냈다.

"으음, 이 나라의 사무라이인가? 어디 한번 실력을 겨뤄 봐야겠네. 가자, 이리나."

"사무라이 악령에게 자비를 내려주소서! 아멘! 하고 한마디 해두면 되겠지!"

그렇게 말한 제노비아와 이리나가 2층으로 뛰어 올라갔다.

"제노비아, 이리나. 검으로 아우라를 뿜으면 안 돼. 가능한 한 원만하게 해결하는 거야."

리아스가 2층으로 뛰어가는 제노비아와 이리나에게 말했다.

""라져!""

제노비아와 이리나가 그렇게 답하고 얼마 안 있어 『히이이이익!』, 『서양 악마잖아아아아아아아아!』, 『천사, 무서워어어어어엇!』 하고 악령 같은 자들의 비명이 2층에서 들려왔다. 악령이 비명을 지르네. 뭐, 전설의 성검을 쥔 악마와 천사가 습격했으니, 누구라도 무섭겠지.

그렇게 내부 견학을 하며 넓은 거실을 둘러보고, 주방 등의 수도 상태도 체크했다. 설비에는 문제가 없었다.

전형적인 에도 시절 느낌의 여자 유령이 도깨비불을 발생시키면서 『원통하도다~』 하고 말하며 나타나기도 했지만, 리아스가 아우라를 두르며 쳐다보자――『워, 원통하지 않아요…….』하며 허둥지둥 도망쳤다.

2층으로 올라가서 방의 상태도 체크해 보는 가운데, 문득 천장을 올려다보니 거꾸로 매달려 있는 상반신이 여성이고 하반신인 거미인 요괴―― 여랑지주를 발견했지만…….

우리를 보자마자 울상을 지으면서 "잘못했어요! 잘못했어요! 목숨만 살려주세요!"하고 생명을 구걸했다. 좀 귀엽다는 생각이 들었다.

우리는 그 모습을 보고 퇴치할 마음이 싹 가셨다.

내가 레이벨에게 말했다.

"우리는 악령이 이렇게 무서워할 존재인 거야?"

"그건…… 저들에게는 흉악한 인간형 드래곤이나 마왕 같은 느낌일 테니까요. 평소에는 괴담처럼 일반인만 상대하는데, 갑자기 최종 보스가 쳐들어온 느낌 아닐까요."

「유령 저택 VS 적룡제&마왕의 여동생」 같은 괴담이 있다면, 그 장르는 괴담이 아니라 판타지일까…….

라티아 씨가 매물을 체크해 보면서 말했다.

"리아스 양, 이곳의 유령 같은 것들은 퇴치하지 않아도 괜찮을 것 같아."

――뜻밖의 말이었다. 그리고 라티아 양은 덧붙여서 이렇게 말했다.

"이곳을 거점으로 삼는 김에 하인으로 삼겠어."

아니나다를까, 악령+요괴 저택을 구매하겠다고 한다! 대담한걸!

다음은 이류카 양의 거점이다.

희망한 곳은 폐허가 된 빌딩이었다. 6층 건물이다. 모든 층에 가게는 없었다. 세입자가 전부 도망치면서 오랫동안 비어 있었다고 한다. 영매사도 무서워서 다가가지 않는 데다, 부동산 직원도 저주를 받았다고 하는 곳이다.

빌딩은 역 근처 번화가 안쪽에 있었고, 인적이 드물었으며, 낮인데도 어둑어둑했다. 빌딩 자체에서 기분 나쁜 아우라가 감돌고 있──지는 않았다.

""""어라?""""

우리는 이구동성으로 그렇게 말하며, 고개를 갸웃거렸다.

정보에 따르면, 긴 머리 여자와 어린애 유령이 나온다고 하던데…… 빌딩 외관을 봐도 아까 전의 저택처럼 섬뜩한 아우라가 느껴지지는 않았다.

리아스가 미심쩍어하며 남자 직원에게 물었다.

"여기는 이미 제령이 된 것 아닐까? 우리 이전에 이곳에 안내받은 사람이 누구인지, 알아봐 줄 수 있어?"

"어?! 저, 정말입니까?! 사, 사무실에 연락해서 확인해 보겠습니다!"

직원은 스마트폰으로 가게에 연락을 취했다.

잠시 후, 종업원이 말했다.

"작년에 아자젤 씨를 이곳으로 안내했다는 것 같은데요…….
그리고 약 2주 동안, 이곳에서 은밀히 제령 의식을 해 주셨다고
합니다."

"""………. """

아자젤 선생님의 이름이 나오자, 나, 리아스, 아시아, 아케노
씨, 레이벨, 제노비아, 이리아는 서로를 쳐다보았다!

여기서 아자젤 선생님의 이름이 나올 줄은 몰랐다! 아자젤 선
생님이 명왕 부동산을 이용했다는 건 알고 있었지만…….

제령——까지는 좋다. 하지만 그리고리의 전 총독이 제령에
2주나 걸릴까? 타천사의 총독이었던 인물을 저주해서 죽일 수
있는 악령이 있을지도 수상할 정도도! 악령 정도는 몇 초면 퇴
치할 것이다. 손가락으로 광력의 빔을 날리면 끝이다.

——그러니 그 선생님은 이 빌딩에서 이상한 짓을 벌인 게 아
닐까?!

이류카 양은 신경 쓰지 않고…….

"일단, 살펴보고 싶으니 들어가자."

빌딩 안으로 들어갔다!

우리도 그 뒤를 따르며 걸음을 옮겼다. ……1층은 평범했다.
그대로 우리는 이류카 양과 함께 내부를 살펴보기로 했고, 한
층씩 둘러보며 올라가기로 했다.

각 층은 텅텅 비어 있었다. 그런 곳을 볼 때마다 이류카 양은

"여기에는 그걸 두고——.", "그 테이블은 여기 두면——." 하고 여기를 거점으로 삼을 생각인 듯한 발언을 중얼거렸다. 아무래도 꽤 마음에 든 것 같았다.

우리 집에 사는 멤버는 아자젤 선생님이 괴상한 장난을 친 게 아닐까 싶어 경계를 풀지 않으면서 최상층까지 올라갔다.

하지만 6층까지 둘러봤는데도 별다른 건 없었고——.

나는 이 빌딩을 아자젤 선생님이 샀다면 어떤 식으로 개조했을지 생각해 봤다.

내가 받은 사무소는 학원 건물 안에 있다. 그곳에 가려면 엘리베이터로——.

신경 쓰이는 점이 생긴 나는 이 빌딩에 설치된 엘리베이터에 탔다. 그리고 내부에 달린 조작판—— 버튼을 주목했다.

아자젤 선생님이라면, 여기에 수작을 부렸을 거야.

버튼 주위를 살펴보니, 조작판의 일부에 장치가 있었고…… 그걸 밀어서 움직이자, 아니나 다를까! 「B5」라는 표시가 나타났다! 거봐! 역시 그 선생님이 이 빌딩에 수작을 부린 거야!

"리, 리아스, 레이벨! 찾았어!"

나는 동료들과 라티아 씨, 이류카 양을 불러서 엘리베이터 안의 장치를 보여줬다.

리아스는 미심쩍어 하며 말했다.

"지, 지하 5층이란 말이겠지?"

아케노 씨는 한숨을 쉬었다.

"그 사람이 이 빌딩 지하에 뭔가를 만들었다는 거겠죠……?

정말, 이런 짓만 벌인다니까요……."

어이없어하는 사람도 있지만, 이류카 양은―― 포커페이스를 무너뜨리더니, 가슴이 뛰는 것처럼 눈을 반짝였다.

"아자젤 전 총독이 이 빌딩에 장난을 친 거구나!"

아~ 이 애는 이런 걸 좋아하는 타입인가 보네…….

일단 선생님이 남긴 장난질이 뭔지 조사하기 위해, 우리는 지하 5층에 가보기로 했다.

"이 매물에, 저희가 모르는 사이 지하 5층이……."

부동산 직원은 당혹스러워할 수밖에 없었다. 하, 하긴, 사고 매물에 지하 공간이 생겼으니 그럴 만도 해.

그런 일이 벌어진 가운데, 우리는 지하 5층으로 향했다.

안은 어둑어둑했다. 우리는 악마라서 밤눈이 밝지만, 일단 조명을 켜기 위해 스위치를 찾았다. 곧 제노비아가 조명 스위치 같은 것을 찾아서 누르자――.

눈 앞에 펼쳐진 광경을 본 우리는 경악을 금치 못했다!

그곳에는 기계로 된 메카 드래곤이 있었다! 파브니르와 똑같이 생겼어! 메카 파브니르인가?!

이것을 본 리아스, 아시아, 아케노 씨는 눈에 익은지 "아~ 이건……!" 하고 외쳤다.

리아스가 말했다.

"아시아가 파브니르와 계약할 때, 그 상대로 아자젤이 준비한 거야."

아케노 씨가 이어서 말했다.

"그리고리의 연구비를 횡령해서 만든 거랍니다. 그 모의전 때 파괴됐는데…… 수리한 걸 보면, 또 돈을…….."

그 이야기는 아시아에게서도 들었다. 그래. 이 녀석이 파브니르와의 계약 때 쓰인 메카구나.

아시아도 이것을 보더니…….

"당시에 신세를 졌던 로봇분이에요."

아, 보디에 「Mk‒Ⅱ」라고 적혀 있다! 이 녀석, 2대 메카 파브니르인가?! 선생님은 또 그리고리의 돈을 횡령해서 이딴 걸 이 빌딩 지하에…….

현 그리고리 총독인 셈하자 씨가 알면 화내겠지…….

그리고 이걸 발견한 건 좋지만, 이제 어떻게 하지……. 일단 그리고리에 연락해야겠다고 생각했을 때── 갑자기 메카 파브니르의 눈이 빛났다!

우, 움직이기 시작했어?!

우리가 깜짝 놀란 사이, 메카 파브니르 Mk‒Ⅱ는 반짝이는 눈으로…… 이 자리에 있는 여성들을 주시했다.

그리고, 메카 파브니르는 기계적인 음성을 토했다.

『──패, 패, 패, 패, 패패패패.』

패?

『──팬티, 플리즈.』

"""──윽?!"""

우리는 메카 파브니르 Mk‒Ⅱ의 음성을 듣고 경악했다!

──팬티, 플리즈?!

리아스가 말했다.

"예, 예전의 메카 파브니르는 이런 말을 안 했어."

그, 그럼 Mk-Ⅱ로 만들면서 파브니르의 특징을 새롭게 접목시킨 건가!

바로 그때, 메카 파브니르 Mk-Ⅱ의 몸에서 각 부위가 열리더니—— 와이어 같은 것이 거기서 튀어나왔다!

고속으로 사출된 와이어는 리아스를 비롯한 여자 일행의 치마…… 안쪽으로 순식간에 파고들었다!

제노비아와 이류카 양 이외의 여자 일행이 "꺄악!" 하고 귀엽게 비명을 지르며 치마를 붙잡았지만, 이미 메카 파브니르 Mk-Ⅱ는 자신이 할 일을 마쳤다.

빠져나온 와이어의 끝에 달린 손에는 찢어진 여성용 팬티가 잡혀 있었다!

——여자들이 팬티를 빼앗겼어!

여자들은 치마를 누르면서 치욕에 떨더니, 살의에 찬 눈으로 메카 파브니르 Mk-Ⅱ를 일제히 쳐다보았다.

메카 파브니르 Mk-Ⅱ는…….

『팬티, 겟.』

이런 기계적인 음성을 토했을 뿐이다!

리아스와 레이벨은 얼굴을 새빨갛게 붉힌 채, 분노에 찬 표정으로 나를 향해 외쳤다.

"잇세!"

"잇세 님!"

""이걸 부숴버리자!!""

리아스와 레이벨이 한목소리로 그렇게 외쳤다! 다른 일행도 그 말에 동의했다(이류카 양은 조금 즐거워 보였지만).

뭐, 이렇게 될 줄 알았어! 나도 장래의 내 아내들의 팬티가 빼앗겨서…… 아니 찢겨서, 그냥 넘어갈 수는 없거든.

나도 순식간에 진홍의 갑옷을 걸친 후, 메카 파브니르 Mk-Ⅱ를 향해 외쳤다.

"내 장래 아내들의, 아내 지인들의 팬티를 감히 찢어?! 그리고 너도 파브니르를 모방해서 만들어졌으면, 팬티를 찢지 마! 그 녀석은 온전한 팬티를 아끼고 사랑하는 드래곤이라고!"

나는 아우라를 끌어올리며 선언했다.

그 모습을 곁에서 본 라티아 씨가 말했다.

"이게 그 소문 자자한 찌찌 드래곤의 멋진 것 같지만 실은 엉큼한 발언이란 거구나."

어떤 반응을 보이면 좋을지 감이 안 오는 말이지만, 틀린 말은 아니다!

내 말을 들은 메카 파브니르 Mk-Ⅱ가 전투태세에 들어갔다.

『팬티, 아무한테도 못 준다. 보물.』

큭! 팬티를 향한 집념은 그럴듯하게 재현한 건가! 그래도 팬티를 찢는 녀석을 팬티 드래곤으로 인정하고 싶지 않아!

그런 와중에, 나는 우리를 능가하는 위압감을 뿜는 존재가 있다는 것을 눈치챘다.

우리의 뒤쪽에는 어느새, 소환된(멋대로 나온 걸까?) 황금용

군(기간티스 드래곤) 파브니르가 있었다!

용왕 파브니르는 무시무시한 아우라를 뿜으며, 흉흉하게 빛나는 눈으로 메카 파브니르 Mk-Ⅱ를 노려보았다.

『감히 아시아땅의 팬티를, 찢어?! 찢은 거냐아아앗! 팬티, 찢는 게 아냐! 바로 벗겨서 소중히 간직해야 한다고!!』

박력 넘치는 아우라와 언동이지만, 그 내용은 취향으로 점철되어 있었다. 그래도 파브니르는 역린 상태라 해도 과언이 아닐 정도로 분노를 터뜨리고 있었다!

리세빔과 크로우 크루아흐를 상대로 이 녀석이 보여줬던 상태를, 설마 이런 식으로 또 보게 될 줄은 예상도 못 했다고!

『박살을 내 주마!』

『팬티, 못 준다.』

이리하여 어딘가의 빌딩 지하에서 팬티를 둘러싼 전설의 용왕과 2대째 메카 용왕의 격렬한 싸움이 벌어졌다──.

그 후, 라티아 씨와 이류카 양은 이 일대에 거점을 두게 됐다.

라티아 씨는 원령과 요괴가 있는 저택을, 이류카 씨는 아자젤 선생님이 개조한 빌딩을 싹 사서 거점으로 삼은 듯하다.

그리고 빌딩 지하에 있던 메카 파브니르는…….

완벽하게 우리(주로 파브니르)에게 파괴된 후, 잔해는 그리고리에게 넘겨졌다. 이런 일이 있었던 탓인지, 오컬트 연구부 멤버 사이에서 두 가지 의견이 제시됐다.

하나는, 부동산이 가진 사고 매물을 『D×D』가 담당하는 것이다. 그리고 다른 하나는———.

리아스는 거실에서 우리에게 말했다.

"아자젤이 남긴 이상한 매물이 더 있을 거야. 명왕 부동산 및 그리고리와 연계해서 수상한 곳을 전부 뒤져 보자. 메카 파브니르 같은 것이 더 있을 게 분명하거든."

"""네."""

우리는 고개를 끄덕였다.

그래. 분명 메카 파브니르 Mk-Ⅱ 같은 게 더 있을 거야.

내가 그런 생각을 하고 있을 때, 레이벨이 말했다.

"라티아 님과 이류카 양이 이 나라의 가치관 관련으로 혼란스러워 하는 것 같으니 나중에 같이 이야기하러 갈까 하는데, 어떻게 생각하세요?"

아, 그래야겠는걸.

이야, 찌찌드래곤은 아자젤 선생님이 남긴 수상한 것 탐색에, 팬티의 수호에, 상급 악마와의 교류까지 해야 하는구나! 정말 고생길이 훤한걸!

좋아. 사고 매물을 처리할 겸, 미소녀 미녀 유령이라도 보러 갈까!

나는 평소와 마찬가지로, 온갖 사태를 긍정적으로 받아들이자고 생각했다———.

「오다 노부나의 야망 전국판」이란?

"여기는 대체 어디야?!"

고등학생 사가라 요시하루가 정신을 차린 곳은
전국시대, 그것도 전장의 한복판이었다!!
그곳에서 마주친 이는 멍청이로 유명한
오다 가문의 당주. 드세고 제멋대로인 성격,
흐트러진 기모노 차림으로 화승총을 든…… 미소녀?!

"누구? 노부나가? 내 이름은 오다 노부나야."

오다 가문의 하급 무사가 된 요시하루는
역사 게임의 지식을 활용해, 전국시대 세계에서 출세한다!

오다 노부나

「천하포무」를 내세우고 있는 오와리의 다이묘 소녀. 세상을 내다본 행동력과 발상력을 지녔다.

사가라 요시하루

현대에서 전국시대에 날아간 고등학생. 역사 게임의 지식으로 노부나를 돕는다.

타케나카 한베에

요시하루 휘하의 군사. 「금공명」이란 별명을 지닌 천재. 낯가림이 극도로 심하다.

쿠로다 칸베에

한베에와 함께 요시하루 휘하의 천재 군사. 한베에를 라이벌로 보지만, 마무리가 허술한 것이 흠.

아케치 미츠히데

두뇌가 명석하고 총의 달인인 무장. 통칭 「쥬베에」. 장난기가 많고 눈치 없는 일면도…….

시바타 카츠이에

오다 가문에서 으뜸가는 강함을 자랑하는 왕가슴 무장. 통칭 「리쿠」. 단순무식한 성격.

마에다 이누치요

몸집이 작지만, 카츠이에와 버금가는 오다 가문의 무투파. 우이로우란 과자를 좋아한다.

「하이스쿨 D×D & 오다 노부나의 야망 전국판」
—— 특별 합동 기획 단편 소설

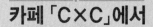

카페 「C×C」에서

리아스

"잇세, 일본사 공부 중이야?"

잇세

"아, 리아스. 맞아.
좀 있으면 시험이 있거든."

리아스

"전국시대구나…….
오다 노부나가라고 하니까
그 애들이 생각났어."

잇세

"어……? 아하~ 그런 일도, 있었지."

Bonus Life. 1 전국☆브래지어

[글:이시부미 이치에이]

그것은 동아리 활동이 시작되기 전, 학교 밖 편의점에 뭘 좀 사러 갔을 때의 일이었다.

"역시, 이쪽의 기모노를 흐트러지게 입은 포즈 쪽이⋯⋯!"

"아니지, 이 초미니스커트 타입 간호사 의상도 끝내준다고."

편의점 잡지 코너에서 야한 책을 물색 중인 다른 학교 남학생과 마주쳤다. 같은 잡지를 손에 쥐고 같은 속도로 잡지를 읽으며 같은 부분에서 "므흐흐." 하고 엉큼한 표정을 지은 탓에, 서로서로 의식하다 보니 이런 에로 토크까지 나누게 됐다.

"우호호! 역시 블루머는 영원한 명품이야!"

"구형 학교 수영복도 세상의 끝이 찾아와도 사랑받을 거야."

"아무튼, 찌찌는 커야 봐줄 만하네!"

"그야 그렇지! 하지만 때 따라서는 적당한 크기도 조화를 이룬다고 봐."

"그것도 그런가. 찌찌에――."

"귀천 없다!"

"그렇다면, 엉덩이와 허벅지의 균형에 포인트를――."

"안산형도 좋고, 조그마한 엉덩이도――."

평소 에로 토크를 나눌 동성 친구는 마츠다와 모토하마 뿐이고, 그 녀석들의 생각과 취향을 완전히 파악하고 있어서 이제는 딱히 나눌 이야기가 없다. 하지만 마주친 지 몇 분 안 된 다른 학교 남학생과의 에로 토크는 너무 재미있었다!

드디어 말을 꺼내고 말았다.

"아~ 나는 엉큼한 이야기를 나눌 남자 친구가 적거든. 편의점 잡지 코너에서 만나긴 했지만, 진짜 신선하네."

그 남자는 히죽 웃었다.

"나도 요즘 남자와 이런 이야기를 나눈 적이 없어서 좋았어. 지금 여자애가 다수인 집단에 휘둘리는 일이 많아서, 이런 짓을 했다간 경을 치거든."

"나도 비슷해……. 여자애가 많은 집단에 속해 있으면 대놓고 이런 짓을 하기 어렵거든."

나와 이 색골남은 마주 쳐다보며 쓴웃음을 흘렸다.

한숨을 쉬며 잡지를 선반에 돌려놓는 타이밍도 똑같았다. 아아, 역시 이런 책을 함부로 살 수 없는 처지구나. 나도 마찬가지다. 이런 걸 사서 집에 돌아갔다간, 이 잡지를 가지고 온갖 질문 공세를 받아서 야한 책을 제대로 즐길 수 없을 것이다.

수많은 여자애에게 둘러싸여서 취향에 관한 질문을 받는 건 기쁘기도 하지만, 의외로 괴롭다고……!

──점원이 우리 쪽을 힐끔힐끔 보기 시작했다. 너무 오래 있었던 걸까.

"맞아. 나는 이걸 사러 왔어."

그 남자는 게임 잡지를 손에 쥐고 계산대로 향했다. 나도 살 물건을 챙긴 바구니를 들고 계산대로 향했다. 우리는 필요한 것을 산 후, 갈림길까지 같이 가기로 했다.

그 남자는 말했다.

"실은 아까 말한 여자애들과 함께 이 먼 쿠오우쵸까지 오게 됐어."

"흐음~ 그렇구나. 그럼 그 여자애들은 어디 있는데?"

"'여자애가 많은 학교에 갈 거니까, 너는 안 돼.'라고 리더 격인 애가 말하면서, 근처 만화방에서 기다리고 있으라지 뭐야. 아아~ 여자애가 많은 학교라서 기대했는데, 절대로 따라오지 말라고 하는 건 너무하잖아……. 젠장! 여자애가 그렇게 많다면 구경 정도는 해도 되는 거 아냐?!"

그 남자는 고개를 푹 숙이며 분통을 터뜨렸다.

응, 이해해! 이해한다고! 여자애가 많은 학교라면 당연히 가 보고 싶을 거야!

그 남자는 말을 이었다.

"무슨 일 있으면 핸드폰으로 연락한다고 했으니까, 나는 만화방에서 게임 잡지나 읽으면서 산텐도 VIITA로 나온 『여자 노부나가의 야망』이나 할 생각이야."

"역사 전략 시뮬레이션 게임이구나."

"그래! 내 특기 분야지! 너는 게임 안 해?"

"뭐, 유명한 게임은 대부분 해 봤어. 그리고 레이싱게임이 특기야. 물론 에로 게임도 좋아해."

"나도 에로에로한 게임이라면 환장한다고!"

둘이서 뜨거운 악수를 나눈 후, 건널목에서 헤어지게 됐다. 그 남자는 길을 건넌 후, 힘찬 목소리로 말했다.

"너, 이름이 뭐야?"

"효도 잇세이야! 너는?"

"나는──."

그가 고함을 지른 순간, 그 옆을 대형 차량이 지나간 바람에 '사'와 '루'라는 말만 들렸다.

"잘 가라고!"

그 남자는 그 말을 끝으로 가버렸다.

사…… 루(원숭이)? '사'가 들어가는 성과 '루'가 들어가는 이름인 것 같다.

그건 그렇고, 편의점에서 좋은 인연을 맺은 것 같은걸. 저 남자애와 또 에로에로 토크가 하고 싶어!

그런 생각을 하며, 나는 쿠오우 학원을 향해 걸어갔다.

나는 효도 잇세이. 이래 봬도 상급 악마 리아스 그레모리 권속의 『폰』인 악마입니다.

구교사 앞에 왔을 때였다.

"흐음, 낡은 건물이네."

"공주님, 여기는 구교사라고 해요. 저기에 멋진 건물도 있었어요."

"그래도 풍취 있는 분위기네요. 90점."

구교사 앞에서 건물을 올려다보며 그런 이야기를 나누는——다른 학교의 여자애들! 초등학생 같아 보이는 애와 대학생 누님 같은 사람도 있지만, 그 중심은 세일러 교복 차림의 갈색 머리 여고생이었다.

오오, 하나같이 미소녀&미녀네! 하지만, 구교사 앞에서 다른 학교 학생들이 뭐하고 있는 거지?

——긴 흑발을 지닌 소녀가 나를 발견하더니 성큼성큼 걸어왔다.

"앗! 공주님, 저기 좀 보세요! 사가라 선배 못지않게 밝히게 생긴 남자가 있어요!"

"화, 확실히 엉큼하게 생긴 외모가 그 녀석을 쏙 빼닮았구나."

세일러 교복 위로도 확연하게 드러날 만큼 커다란 가슴을 지닌 여자애에게 이런 말을 들었다! 포니테일에 글래머에 세일러 교복이라니, 정말 멋진걸!

무심코 상대방의 가슴을 쳐다보고 말았다. 포니테일 여고생은 손으로 가슴을 가리며 울상을 지었다.

"어, 엉큼한 눈으로 내 가, 가슴을 보지 마라."

눈길이 엉큼해서 죄송합니다! 남자의 본성인지, 내 본성인지, 눈앞에 커다란 가슴이 있으면 쳐다보고 말아요!

갈색 머리 여고생은 포니테일 여자애를 진정시킨 후, 나에게 물었다.

"너, 이 학교 학생이지? 이 구교사에 붉은 머리 여인이 있다고 들었는데…… 혹시, 너도 이곳의 관계자야?"

리아스를 찾아온 손님인가. 다른 학교 학생이 이렇게 찾아오다니, 신기한 일도 다있는걸.

"응, 맞아. 붉은 머리라면, 리아스…… 부장님 말이구나. 내가 불러──."

그렇게 말하려던 순간, 내 눈에 붉은색이 비쳤다.

구교사 입구에 붉은 머리카락의 미소녀인 리아스와 부부장인 아케노 씨가 나타난 것이다. 여고생들도 내 시선을 눈치챈 건지, 내 시선의 방향을 쫓아서 그 두 사람을 봤다.

"──저 사람이 이 구교사의 주인인 오컬트 연구부의 리아스 그레모리 부장님이야."

리아스와 아케노 씨는 빙긋 웃으며 그녀들에게 말했다.

"쿠오우 학원에 잘 왔어. 자, 안으로 들어와."

그리하여 정체불명의 여고생 그룹과의 대화가 시작됐다.

부실에 사람들이 많이 모여 있었다.

한쪽은 오컬트 연구부 멤버들. 다른 쪽은 갈색 머리 애를 중심으로 여고생 세 명, 여자 대학생 한 명, 중학생과 초등학생 각각 한 명으로 구성되어 있었다.

우리들 그레모리 권속── 악마는 인간계의 일정 지역을 영역으로 삼으려 행동한다. 악마의 주된 행동은 인간에게 소환되어 소원을 들어주는 것이다. 예를 들자면, 부자가 되고 싶다는 소원을 인간이 빈다면 그에 상응하는 대가를 받고 들어준다. 즉, 등가교환이다. 악마는 영혼을 대가로 소원을 이뤄준다고 알려졌지만, 현재는 그 정도의 소원을 비는 의뢰자가 드물다.

또한 최근의 인간은 마방진을 그리면서까지 악마를 불러내려고 하지 않는다. 그런 비과학적인 일을 경제 대국으로 알려진 현대 일본에서 할 리가 없거든. 그래서 우리는 욕망이 있는 듯한 인간에게 마방진이 그려진 전단지를 길거리에서 나눠준 후, 소환을 기다린다.

아마 이 여고생 집단도 그 전단지로 우리를 알게 됐으리라.

손님들에게 차를 내준 아케노 씨가 자리에 앉고, 우리 쪽의 자기소개가 끝났다. 그 후, 리아스가 아케노 씨에게 자초지종을 이야기하라고 지시했다.

"실은 제 손님 중에 리아스 부장님을 직접 만나 소원을 빌고 싶어 하는 분들이 계셨어요. 이야기를 들어보니 매우 흥미로워서, 이렇게 초대하게 됐죠."

아, 그럼 아케노 씨의 손님인 거구나.

리아스가 말을 이었다.

"악마를 직접 보고 싶다지 뭐야. 그리고 가볍게 이야기를 들어보니 정말 흥미로운 이야기라, 이렇게 부르게 된 거야."

악마의 존재를 함부로 알리는 건 좀 그럴 것 같지만…… 빛나고 있는 리아스의 눈을 보니, 그런 건 아무래도 상관없다고 여기는 것 같았다.

갈색 머리 여고생이 먼저 인사를 했다.

"만나서 반가워. 오다라고 해. 다른 애들은 내 친구와 동생 격인 애들이야."

오다 양이 그렇게 말하자, 가슴 큰 소녀가 고개를 숙였다.

"시바타입니다. 공주…… 아니, 오다 양과 같은 학교에 다니고 있습니다."

이번에는 여대생 누님이 미소를 지었다.

"니와라고 해요. 교사가 되기 위해 분투 중인 대학생이죠."

응, 이 누님은 가슴이 참 커! 글래머 여대생이라, 끝내주네!

"".……눈빛이 엉큼해.""

한목소리로 그렇게 말한 건── 코네코와 저쪽에 있는 여자 초등학생이었다! 코네코와 마찬가지로 체구가 작고, 호랑이 무늬 니트 모자를 쓰고 있었다. 그 여자 초등학생도 고개를 숙였다.

"……마에다예요. 공주님의 동생 격이에요."

마에다 양은 왠지 코네코와 비슷한 분위기를 지녔는걸. 차와 함께 내온 양갱을 코네코처럼 우걱우걱 먹고 있어. 그 바람에 몸집이 작은 코네코도 왠지 초등학생처럼…….

"……무례한 생각을 하고 있는 거 아니에요?"

코네코가 나를 힐끔 노려보았다! 코네코 님께서는 내 마음을 읽으시는군요!

다섯 번째로 자기소개를 한 이는 힘차게 손을 든 흑발 롱헤어 여자애였다. 아까 내가 밝히게 생겼다고 말한 애다.

"아케치라고 해요! 앞으로 잘 부탁해요!"

남은 건…… 마에다 양의 등 뒤에 숨어 있는 조그마한 소녀뿐이다.

오다 양은 빙긋 웃으면서 그 애에게 말했다.

"자, 한베에. 인사 안 할 거니?"

오다 양이 그렇게 말하자, 한베에라고 불린 여자애가 머뭇거리며 우리 앞에 나섰다.

"훌쩍. 타케나카라고 해요. 중학생이에요. 잘 부탁해요……."

울먹이는 걸 보면, 낯가림이 심한 걸까? 우리 개스퍼와 비슷한 반응이다. 참고로 개스퍼도 "저 아이의 심정이 이해돼요~." 하며 동정을 표하고 있었다.

그건 그렇고, 이름이 꽤 특이한걸. 타케나카 한베에? 으음, 별명일까? 타케나카 한베에? 유명한 역사 인물인데……. 혹시 성이 타케나카라서 한베에라는 별명이 붙은 걸까? 그렇다면 오다 양을 '공주님'으로 부르는 이 애들의 관계는 대체……. 뭐, 뭐어, 별명에 중요한 의미 같은 건 없으려나…….

인사를 마친 후, 흑발 여자애—— 아케치 양이 또 손을 들며 물었다.

"여러분이 악마란 이야기는 들었는데, 정말인가요? 증거를 보여줬으면 해요!"

눈을 찬란히 빛내며 흥미로워하고 있다. 리아스는 미소를 짓더니, 아무 말 없이 홍차가 든 찻잔에 손을 뻗었다.

붉은 아우라가 뿜어져 나오더니, 찻잔을 감쌌다. 오다 양 일행도 "오오!" 하고 탄성을 지르며 뚫어지게 보았다. 이어서 리아스가 손을 들자, 잔에서 홍차——— 액체만 빠져나와서 공중에 떠올랐다. 그리고 그 홍차가 순식간에 붉은색 얼음덩어리로 변했다.

악마의 힘——— 마력이다. 마법사가 사용하는 마법의 원류가 된 이형의 힘이다. 악마는 이 능력으로 온갖 초현실적 현상을 일으킨다.

이 현상을 본 오다 양 일행은 "오오!", "대단해!" 하고 감탄을 터뜨렸다.

나는 다시 오다 양 일행에게 물었다.

"여고생이 악마를 알고 싶어 하다니, 참 신기한 일이네요."

"우리에게 악마의 존재를 알려준 건, 여기 있는 한베에야."

오다 양이 타케나카 양에게 시선을 보냈다. 타케나카 양은 머뭇거리며 이야기를 시작했다.

"훌쩍훌쩍. 사, 사실 저는 음양사 가문 사람이라서…… 이형의 존재에 대해서는 태어날 때부터 알고 있었어요……."

그렇다면…… 괜한 소리를 할 필요가 없다고나 할까, 이 일행은 악마의 존재를 믿는 것 같았다. 악마와 이형의 존재를 안다는 티케나카 양이 함께 온 것을 보면, 아까 질문은 진짜인지 아닌지 확인하기 위해 한 것이리라.

"그리고 말이지? 한베에가 '옆 현에 있는 악마 공주님이라면 뭐든 다 가르쳐줄지도 모른다.' 고 말하지 뭐야. 내가——— 아니, 우리 가문이 오랫동안 쫓아온 수수께끼의 답을 알 수 있을지도 모른다고 생각했어."

옆 현에서 온 건가. 일본의 뒷세계에 정통한 사람들 사이에서, 우리 팀은 대체 얼마나 유명한 걸까? 문득 그런 의문이 들었다.

타케나카 씨가 머뭇거리며 말을 이었다.

"훌쩍, 아, 알고 지내는 수녀님이 이 지역에서 일하셔서⋯⋯ 그런 쪽 정보를 듣고 있어요."

"수녀? 누구야?"

수녀라는 말에 이리나가 고개를 갸웃거렸다. 교회 출신이라 궁금한 것 같았다.

"루이즈라는 금발 여성이야. 엄청난 미인에 몸매도 끝내줘."

오다 양이 그렇게 대답했다. 어, 엄청난 미인에 몸매도 끝내주는 수녀?! 나도 흥미가 생겼어!

그 말을 들은 이리나도 납득한 눈치였다.

"아~ 시스터 루이즈. 그러고 보니 그 사람은 일본을 잘 알고, 일본어도 능숙해."

그, 그런 수녀님이 계신 겁니까?! 이거, 나중에 이리나에게 이야기를 들어보고 체크해야겠는걸!

"⋯⋯엉큼한 생각 했죠?"

"⋯⋯응. 틀림없어."

코네코와 마에다 양이 나를 째려봤다! 왠지 오늘은 평소보다 지적을 많이 당하는 것 같다! 날카로운 눈길이 네 개나 되어서 그럴까!

──오다 양이 다시 가슴을 펴며 말했다.

"사실 우리 가문은 전국시대의 호족, 다이묘의 피를 이어받았어. 그래서 우리 조상님 관련으로 고민거리가 있다니깐."

"그럼 리아스 부장님에게 부탁하고 싶다는 건……."

내 말을 들은 오다 양이 고개를 끄덕였다.

전국 다이묘……! 오다 양의 조상님이 역사상의 인물인 거구나! 어……? 오, 오다……? 그러고 보니, 저기 있는 아케치 양도 아케치……? 에, 에이, 설마…….

의뢰를 받게 된 리아스는——.

"흥미로워. 정말 흥미로워."

지금 아케치 양보다 더 눈을 반짝이고 있었다. 그렇다. 리아스는 일본과 관련된 것을 매우 좋아한다. 취미라고 해도 과언이 아니다. 관련 상품들도 수집하고 있다. 동네를 걷다가 무의식적으로 사무라이와 닌자 상품을 찾을 만큼 빠져 있다. 원래 일본에 흥미를 느끼게 된 것은 오라버니이자 마왕이기도 한 서젝스 루시퍼 님의 권속——『나이트』오키타 소지 씨(신센구미 소속이었던 바로 그 사람)에게 감화됐기 때문이다.

"부장님에게 일본 무장의 후손은 관심 대상일 테니까요. 우후후."

아케노 씨가 미소를 지으며 그렇게 말했다. 확실히 리아스에게 오다 양 일행은 더할 나위 없는 손님일 것이다. 무상으로 소원을 들어줘도 이상하지 않을 만큼, 흥미를 느끼고 있을 것이다.

키바가 오다 양 일행에게 물었다.

"그럼 여러분은 오다 양을 따라 여기까지 온 건가요? 견학 삼아서 말이에요. 여러분의 관계를 물어봐도 될까요?"

오다 양 이외의 멤버가 신경 쓰이는 것 같았다. 오다 양의 의뢰를 견학하러 온 것일까. 아니면 오다 양과 마찬가지로 다들 소원이 있는 걸까.

키바의 등장에 오다 양 일행은 "어머, 미남.", "목소리까지 훈남 보이스예요~.", "98점." 하고 남자 아이돌을 본 듯한 반응을 보였다. 큭! 저 미남 자식! 처음 만나는 상대에게 이렇게 좋은 인상을 주다니, 역시 대단해!

오다 양이 말했다.

"조상님이 가깝게 지낸 무장이 있다고 해서 그쪽도 조사해 봤어. 그랬더니 그 후손 중에도 나와 비슷한 또래의 여자애가 있다는 걸 알게 됐거든. 그래서 말을 걸어봤더니, 어느새 의기투합하게 된 거야."

오다 양 일행은 활짝 웃었다.

몇 세대를 지나 당시의 멤버가 이렇게 모이게 된 것인가. 인연이라는 게 느껴지는 것만 같았다.

"우후후. 설마 오다 가문의 후손과 만나게 될 줄은 상상도 못 했어요."

──니와 씨가 말했다. 뭐, 그럴 거야. 조상님의 인연으로 이렇게 만나게 됐으니 뜻밖이긴 하겠지.

오다 양은 쓴웃음을 지었다.

"다른 애들의 가문에 내가 찾는 정보가 있지 않나 싶어 조사해 봤는데, 결국 소득은 없었어. 이렇게 되면 악마의 힘이라도 빌려야 하나 싶을 즈음에 한베에가 소문을 들은 거야. ──그리

고 얼마 전에 이 동네의 역 앞을 걷다가, 마방진이 그려진 전단
지를 입수한 거지."

　그래서 아케노 씨를 불러낸 건가. 이야기가 전부 이어졌다. 기
왕이면 옆 현을 영역으로 삼고 있는 악마를 부르면 좋지 않았을
까? 같은 생각이 들었지만, 내 마음을 읽은 듯한 타케나카 양이
중얼거리듯 말했다.

　"훌쩍, 이곳의 악마 공주님은 참 상냥하다는 이야기를 들었거
든요."

　딩동댕! 우리 리아스는 참 상냥한 악마지! 정이 많은 일족 출
신이라서 상대가 악인이 아니라면 기본적으로 화를 내지 않아.
뭐, 오다 양이 사는 지역을 영역으로 삼고 있는 악마한테는 나
중에 연락해 봐야겠네. 이런 케이스(타인의 영역에서 전단지가
발동되는 일)은 드물게 발생하거든.

　소개와 경위를 얼추 이야기한 오다 양 일행은 이번 의뢰의 핵
심인 물건을 가방에서 꺼냈다.

　"실은 조상님이 남기신 물건이 있는데, 신경이 쓰여서 조사해
보고 있어."

　오래된 나무 상자였다. 가문의 문양 같은 것이 새겨져 있는 상
자에서는 고풍스러움과 정취가 느껴졌다.

　상자를 열려던 오다 양은 갑자기 얼굴을 붉히면서 머뭇거렸
다. 하지만, 각오를 다진 건지──.

　"이, 이거야."

　상자를 열고 내부를 우리에게 보여주려는 듯이 쑥 내밀었다.

상자 안에 든 것은—— 검은색 천이었다. 아니, 이건……. 오다 양은 부끄러워하며 상자의 내용물을 꺼내서 펼쳤다. 그 정체를 안 오컬트 연구부 멤버 전원이 살짝 놀랐다.

——그것은 검은색 브래지어였다!

"속옷…… 브래지어지?"

리아스는 확인을 위해 물었다.

오다 양은 고개를 끄덕인 후, 이렇게 말했다.

"듣고 놀라지 마. 이건 전국시대부터 우리 가문에 전해져 내려온 거야."

"""전국시대?!"""

그 고백에 우리는 경악을 금치 못했다! 당연했다! 전국시대부터 오다 가문에 내려온 물건이 실은—— 브래지어였다는 말을 들었으니 말이다! 아무리 내가 역사를 잘 모르더라도, 그 시대에 브래지어가 있었을 것 같지는 않다! 아, 아니, 그 원형이 되는 물건이라면 세계사를 뒤져 보면 어딘가에 있을지도 모른다. 하지만 일본 전국시대에 브래지어가 있었을 것 같지는 않다!

보면 볼수록, 현대의 브래지어와 똑같은 형태였다. 이게 전국시대부터 내려온 것이 거짓말이고, 오다 양의 친척이 장난을 친 것이라는 말이 더 자연스럽게 느껴질 정도다.

"저, 전국시대에 브래지어가 있었던 거군요!"

아시아도 놀랐다. 일본에 와서 이 나라에 관해 공부하고 있는 아시아는 역사 지식도 풍부해졌다. 하지만 전국시대에 브래지어가 있었을 줄은 생각도 못 한 것 같았다.

"역시 경제 대국 일본이야. 그런 옛날부터 현대의 표준을 만들고 있었다니⋯⋯."

제노비아는 감탄 섞인 신음을 흘렸다. 또 이상한 오해를 한 것 같지만, 그냥 넘어가자.

"매우 가치가 있어 보이는군요. 마치 오파츠 같아요."

로스바이세 씨도 흥미롭게 전국시대의 브래지어를 봤다.

오다 양은 브래지어를 펼치며 말했다.

"가문에 내려오는 오래된 문헌을 조사해 보니, 이건 조상님이 검은 텐구한테 받은 거래."

"검은 텐구⋯⋯."

텐구인가요. 그건 요괴 계통이다. 우리는 악마라서 교류가 없다고 해도 과언이 아니다. 아니, 교토에서 만난 적이 있기는 한데⋯⋯.

"⋯⋯카라스텐구일지도 몰라요. 깃털이 까만 텐구니까요."

코네코가 마에다 양과 케이크를 먹으며 말했다. 이 두 사람은 왠지 사이가 좋아 보이는걸.

"왠지 코네코가 두 명 있는 것 같네요."

레이벨도 나와 같은 생각을 한 것 같았다.

"하지만 텐구라⋯⋯. 그럼 우리보다는 교토의 요괴들이 해박할지도 모르겠어."

리아스가 턱에 손을 대며 결론을 내렸다. 나도 교토를 떠올린 만큼, 그편이 빠를지도 몰라. 그것도 그렇게, 교토에서 만난 구미호는 일본 요괴 사이에서 발이 엄청 넓은 분이니 말이다.

"어?! 역시 요괴는 진짜로 있구나! 대단해!"

오다 양은 들뜬 듯한 반응을 보였지만, 시바타 양과 아케치 양은 냉정한 어조로…….

"공주님, 지금 저희 눈앞에 있는 사람들은 악마인데요……."

"하지만, 이분들은 악마지만 악마답지 않은 걸지도 몰라요. 인간에 가까운 것 같달까요."

우리를 쳐다보며 그렇게 말했다. 우리는 전설에 나오는 악마처럼 괴물 같은 모습을 하고 있지 않거든. 겉모습부터 인간과 명백하게 다른 악마도 있긴 하지만…….

오다 양이 다시 이번 의뢰를 입에 담았다.

"그러니까 리아스 양에게 부탁하고 싶은 건 이 브래지어의 진실에 관한 정보를 모아달라는 거야. 너희가 우리보다 전문가일 거잖아. 검은 텐구에 관해 조사해 주지 않겠어?"

리아스는 아무 말 없이 턱에 손을 대더니, 그 브래지어를 뚫어지게 보았다. 부탁을 거절할 분위기는 아니지만, 전국시대의 무장에게 브래지어를 준 검은 텐구라는 부분이 마음에 걸리는 것 같았다.

옆에 있던 타케나카 양이 오다 양에게 이렇게 말했다.

"……저, 저기, 부탁드릴 게 하나 더 있잖아요."

오다 양은 그 말을 듣고 퍼뜩 뭔가가 생각난 반응을 보였다.

"맞아. 실은 요즘 우리를 노리는 위험한 사람들이 있어."

"위험한 사람들?"

리아스가 되묻자, 오다 양은 고개를 끄덕이며 말을 이었다.

"응. '영웅의 피를 이었다면 우리의 동료가 되어라.' 라고 하지 뭐야. 얼마 전에는 다짜고짜 덤벼들어서 깜짝 놀랐다니깐."

──헉! 우리는 경악했다. 오다 양이 말한 자들의 정체가 짐작됐기에, 부원들끼리 시선을 교환했다. 다들 같은 생각을 하는 것 같았다.

"그 녀석들은……."

내 말을 들은 리아스가 고개를 끄덕였다.

"아마 그 생각이 맞을 거야. 아직 있나 보네."

테러리스트 집단『카오스 브리게이드』의 파벌 중 하나인 영웅파! 역사 속이나 전설 속 영웅의 후손을 모아서 이형의 존재에게 도전하는 자들이다. 이러저러하다 보니 우리가 그들의 핵심 멤버를 섬멸했지만, 아직 잔당이 있다는 이야기를 들은 적 있다. 실제로 우리 또한 잔당과 마주친 적이 있다. 지휘하던 리더를 잃었으니, 그들의 행동 원리는 극도로 모호할 뿐만 아니라 위험하다.

하지만 오다 양의 친구인 아케치 양과 시바타 양, 니와 씨는 전혀 개의치 않는다는 투로 자신들의 무용담을 이야기했다.

"그때는 저의 화려한 카시마 신토류 면허개전의 기술로 수상한 아저씨를 날려 버렸어요!"

"너 혼자 한 건 아니잖아. 나도 싸웠어."

"후후후, 그때는 다 같이 잘 해결했어요. 다들 가문의 방침에 따라 무예를 배웠거든요. 하지만 상대가 살기등등했던 건 사실이죠. 이대로 가다간 언젠가 위험한 상황에 처할지도 몰라요."

역시 무장의 후손이라고 해야 할까. 테러리스트의 졸개 정도는 퇴치할 실력이 있는 것 같았다. 그렇다고 해도 내버려 둘 수 없는 이유도 있다. 그 녀석들과 적대하고 있는 우리로서는 방금 그 부탁을 거절할 수 없다.

"……훌쩍, 괴롭힘당하는 건 싫어요."

타케나카 양도 무서워하고 있었다. 영웅파 놈들, 이렇게 귀여운 여자 중학생에게 겁을 주다니……!

"오다 가문에 전해지는 이 브래지어의 진실과, 묘한 녀석들에 대한 대처, 이 둘을 동시에 처리해 주지 않겠어?"

그것은 오다 양—— 아니, 오다 양 일행의 소원이기도 할 것이다. 전자는 정보 수집에 달려 있지만, 후자는 우리들—— 테러리스트 대책팀 『D×D』로서 그냥 넘어갈 수 없다.

리아스가 말했다.

"좋아. 그 두 가지 소원을 들어줄게. 전국시대부터 내려오는 속옷도 신경 쓰이고, 영웅파의 잔당도 놔둘 수 없거든."

"그럼……!"

오다 양이 기대에 찬 눈길을 머금었다. 리아스도 동의하며 고개를 끄덕였다.

"응. 리아스 그레모리의 이름을 걸고, 두 가지 소원을 이뤄주겠어!"

그 말을 들은 오다 양 일행이 기쁨의 환성을 질렀다.

자, 부탁받은 건 좋지만, 중점을 둬야 하는 것은 정보 수집 분야다.

우선 네코마타이기도 한 코네코가 독자적인 루트로 조사를 진행했다. 아케노 씨도 영웅파의 잔당을 조사하기 위해 명계(악마 측, 타천사 측)와 연락을 취했다. 이리나도 천계에 조사를 의뢰했다.

그리고 리아스는 부실에 거대한 연락용 마방진을 그리더니, 그것을 통해 텐구에 관한 정보를 모으려 했다.

연락용 마방진에 입체적으로 투영된 것은——— 교토의 요괴들을 이끄는 야사카 씨와 그 딸인 쿠노였다. 야사카 씨 모녀는 구미호이며, 요괴들의 공주라 할 수 있다. 그 휘하에는 다양한 요괴들이 있으며, 그중에는 당연히 텐구도 있었다.

마방진 너머의 쿠노가 표정을 굳혔다.

『으음, 다름 아닌 잇세 측의 부탁이니 알아는 보겠다만, 우리 쪽 텐구 중에 관련자가 있을 것 같지는 않구나. 전국시대에 여자 속옷을 준 텐구가 있단 말은 들어본 적도 없다.』

뭐, 그건 그럴 것이다. 텐구가 브래지어를 줬단 말은 나도 들어본 적이 없어.

뒤쪽에서는 마방진으로 연락을 취하는 초자연적 현상을 본 오다 양 일행이 "대단해~!", "완전 판타지네!" 같은 반응을 보이고 있었다.

『호오, 마방진 너머로 반가운 파동이 느껴지는구나.』

나긋나긋하게 응대하던 야사카 씨가 오다 양을 쳐다보았다.

『저기 있는 아가씨에게서 반가운 파동이 느껴져.』

"오다라고 해요."

그 말을 들은 야사카 씨가 눈을 가늘게 뜨며 즐거워했다.

『오다……. 그래. 이 교토와 인연이 있는 게 당연해.』

야사카 씨는 더는 별다른 말을 하지 않았지만, 뭔가를 반가워
하고 있었다.

결국, 교토 측의 정보는 나중에 받기로 했다. 쿠노는 너무 기
대하지는 말라고 말했다.

다른 정보를 모으러 갔던 멤버도 돌아왔지만, 표정을 보니 좋
은 소식을 가지고 오지는 않은 것 같았다. 유일하게 아케노 씨
만 아직 돌아오지 않았지만, 큰 기대는 할 수 없을 것 같았다.

다음 수를 모색하고 있을 때—— 갑자기 노크 소리가 들렸다.

노크를 한 사람은 소나 회장님이었다. 회장님은 안에 들어오
자마자 리아스에게 말했다. 그런 회장님의 표정은 복잡했다.

"리아스. 아무래도 성가신 일이 벌어진 것 같아요."

"응?"

우리가 서로의 얼굴을 쳐다보고 있을 때—— 건물 밖에서 목
소리가 들려왔다.

"오다! 여기 있다는 이야기를 듣고 왔어. 나와!"

젊은 여자 목소리였다. 나는 처음 듣는 목소리였지만, 오다 양
일행은——.

"하아, 여기까지 왔네."

상대를 짐작하는 것처럼, 전원이 한숨을 쉬었다. 무슨 일이 일

어난 건지는 모르겠지만, 일단 우리는 건물 밖으로 나가보기로 했다.

　구교사 앞에 나타난 것은—— 수상한 복장을 한 남자 집단, 그리고 그들을 이끄는 용맹해 보이는 여자였다. 나이는 스무 살 전후 같았다. 매우 글래머러스한 몸매를 지닌 매혹적인 누님이지만, 날카로운 눈빛은 투지로 가득했다. 손에는 군대 지휘에 쓰일 법한 부채가 쥐어져 있었다.

　그 여성은 입가를 말아 올리더니, 오다 양에게 말했다.

　"이런 곳에 있었구나, 오다. 오늘이야말로 우리의 악연에 마침표를 찍자."

　오다 양은 이마를 짚으면서 약간 지긋지긋하다는 투로 대꾸했다.

　"타케다 씨, 또 당신이에요?"

　아는 사이 같지만, 뭔가 사정이 있는 것 같았다. 내가 의아해하고 있을 때, 니와 씨가 귓속말을 했다.

　(사실 우리 공주님과 타케다 씨는 우연히 인연을 맺게 됐는데, 그 후로 툭하면 서로에게 시비를 거는 사이가 됐어요. 참고로 타케다 씨도 무장의 후손이죠. 저쪽의 조상님도 공주님의 조상님과 싸웠나 봐요. 이 정도면 인연이죠?)

　아~ 그런 사이인가요. 상대방도 무장의 후손! 그럼 조상님 때부터 이어지는 숙명의 라이벌일까. 운명이 느껴지는걸. 그나저나 오다와 타케다라고 하면 어마어마하게 유명한 분들이 생각나는데…….

두 사람의 시선이 격돌하는 가운데, 시바타 양이 타케다 씨가 이끄는 남자들을 손가락으로 가리켰다.

"앗! 너희는……!"

유심히 보니 그 남자들은 얼굴이 엉망이었으며, 입고 있는 옷도 거친 싸움을 치른 것처럼 너덜너덜했다.

아케치 양이 귀엽게 화를 내며 말했다.

"저 녀석들이에요~! 저 녀석들이 저희를 노리는 수상한 아저씨들이에요!"

오다 양도 이어서 말했다.

"맞아, 우리를 귀찮게 쫓아다니는 건 바로 저 녀석들이야!"

맙소사! 타케다 씨의 수하는 여자가 아니라, 영웅파인 거냐! 영웅파가 쿠오우 학원에 들어왔어?! 하지만 엉망진창이 된 저 녀석들한테서는 전의가 느껴지지 않는데…….

영웅파 녀석이 오다 양 일행에게 말했다.

"오늘이야말로 우리의 숙원을 이루기 위해, 협력을 요청——."

"닥쳐. 이건 나와 오다의 문제야. 너희는 약속대로 내 명령에 따르기나 해."

영웅파 잔당의 말을 끊은 타케다 씨가 그렇게 말했다. 아무래도 지위는 타케다 씨가 높은 것 같았다.

리아스가 한 걸음 앞으로 나서며 남자들에게 물었다.

"당신들은 영웅파의 잔당이지? 설마 일본 무장의 후손까지 끌어들이려고 하다니……. 그것보다, 여기에 침입하는 건 무모한 짓 아닐까……? 여기가 어떤 곳인지는 알고 있을 텐데?"

남자들은 부정하지 않았지만, 차마 말하지 못하겠다는 표정을 지었다. 우리에게 보이기 싫은 모습을 보였다는 듯한 표정이다. 수상한 옷차림을 한 그들이 테러를 극도로 경계하고 있는 쿠오우쵸에 들어올 수 있었던 것도, 이미 전의를 상실한 데다 타케다 씨(호기로워 보이는 일반인)의 수하로만 보여서 위험하지 않다고 판단됐기 때문일까……. 뭐, 너덜너덜해진 저들의 모습을 보니 나도 안됐다는 생각이 들었다.

타케다 씨가 리아스에게 말했다.

"이 녀석들은 어젯밤에 나를 습격했던 놈들이야. 영웅의 후손이니 어쩌고 하던데, 일단 따끔한 맛을 보여줬지. 마침 부하도 필요해서, 오다와의 대결에 써먹으려고 데려왔어. 뭐, 방패 정도는 되지 않겠어? 그리고 오다가 있는 곳도 어느 정도 파악하고 있는 것 같았거든. 그래서 안내도 시킨 거야."

이, 이 사람, 대단하네! 영웅파를 물리치고 부하로 삼은 거냐! 무장의 후손은 엄청난걸……. 확실히 묘하게 강력한 아우라를 두르고 있는 것처럼 보였다.

리아스는 그 말을 듣고도 여전히 미소를 유지한 채, 이렇게 말했다.

"그 말은 흘려들을 수 없네. 그레모리 공작가의 이름을 걸고, 영웅파의 잔당은 내가 날려버리겠어!"

오다 양도 한숨을 내쉰 후, 결의에 찬 눈빛을 머금었다.

"수상한 집단이라면 몰라도, 타케다 씨가 상대라면 물러설 수 없어. 좋아. 여기서 결판을 내는 것도 좋겠네. 다들!"

오다 양이 그렇게 말하자, 시바타 양, 아케치 양, 니와 씨, 마에다 양이 한 걸음 앞으로 나섰다. ……타케나카 양은 한 걸음 뒤쪽에 있었지만, 품에서 음양사가 쓰는 부적을 꺼냈다.

"아, 무기가 없어요!"

"그러고 보니 여자가 많은 학교에 간다고 해서, 오늘은 무기를 안 들고 있어."

아케치 양과 시바타 양이 허리에 무기를 차고 있지 않다는 걸 깨달으며 당황했다.

——바로 그때, 키바가 미남 스마일을 지은 후에 세이크리드 기어 『마검창조(소드 버스)』로 검을 몇 자루 만들었다. 키바의 몸을 감싸듯 발생한 아우라가 지면에 전해지더니, 지면에서 온갖 형태의 도검이 자라나듯 모습을 드러냈다.

"마음에 드는 걸 쓰세요. 창 타입도 만들어봤어요."

키바가 오다 양 그룹에게 자기가 만든 무기를 빌려줬다.

"역시 미남은 뭐가 달라도 다르네요~! 칼 한 자루 빌릴게요!"

"고마워! 나도 칼을 써야지!"

"……창을 한 자루 빌릴게요."

아케치 양, 시바타 양, 마에다 양이 지면에서 자라난 무기를 쥐었다. 오다 양도 한 자루를 뽑아, 어깨에 걸쳤다. 그 모습이 왠지 잘 어울렸다.

타케다 씨가 그 모습을 보며 자신만만한 웃음을 흘렸다.

"좋아. 어디 한번 붙어볼까. 내가 이긴다면, 일전에 한 약속대로 사가라를 받아 가겠어."

"그 녀석은 못 줘. 내 소중한 파트너거든. 그 녀석, 그리고 여기 있는 애들과 함께 세계로 진출하는 게 내 꿈이야!"

야망을 이야기하는 오다 양의 눈동자는── 활활 불타오르고 있었다. 그 모습을 본 타케다 씨도 마음이 끓어오르고 있는 것처럼 더욱 진한 미소를 머금었다.

"좋아. 역시 너는 최고야, 오다!"

"리쿠! 만치요! 쥬베에! 이누치요! 한베에! 가자!"

그 말에 맞춰, 전투가 시작됐다. 영웅파 잔당을 부하로 둬서 그런지 숫자로는 상대방이 많았다. 타케다 씨는 오다 양이 상대하는 것 같았기에, 우리도 영웅파 잔당을 처리하고자 가세했다. 뭐, 영웅파의 처리는 원래 저 녀석들과 적대하고 있는 우리의 임무거든!

싸움이 시작됐다! 가장 먼저 나선 사람은 아케치 양과 시바타 양이었다!

"방해된다고요, 아저씨들!"

"동감이야!"

아케치 양과 시바타 양이 멋진 칼 솜씨로 잔당의 남자들을 베어 넘겼── 아니, 그렇지 않았다.

"훗, 칼등 치기로 봐주겠어요!"

아케치 양이 칼등으로 공격하고 있었다. 대단해!

"지지 말자, 제노비아!"

"그래, 이리나!"

제노비아와 이리나도 이번에는 키바가 만든 칼을 들고 상대에게 달려들더니, 아케치 양과 시바타 양처럼 칼등으로 공격했다.

"칼등으로 쳤다. 후훗, 한 번은 해 보고 싶었어."

——제노비아는 그렇게 말하며 폼을 잡았다.

"하찮은 것을 벴군…… 일본에서는 사무라이가 적을 벤 후에 이 말을 해!"

"아마 잘못 알고 있는 걸 거야."

이리나가 폼을 잡으며 그렇게 말하자, 시바타 양은 고개를 갸웃거렸다. 으음, 확실히 이리나가 잘못 알고 있다는 생각이 들었다.

"그래도, 두 사람 다 대단하네요!"

아케치 양도 제노비아와 이리나의 검술에 찬사를 보냈다.

""……꺼져.""

코네코의 타격력과 마에다 양의 창술에 남자들은 차례차례 날아갔다! 그 모습은 믿음직해 보일 정도로 호쾌했다! 설마 이렇게 파워풀한 초등학생이 두 명이나——.

""……무례한 생각, 했죠?""

역시 두 사람이 동시에 나를 노려봤다! 마치 코네코가 두 명으로 늘어난 것 같다!

바로 그때, 어찌 된 건지 타케다 씨가 두 사람에게 반응했다.

"윽! 고양이가…… 둘!"

용맹해 보이는 얼굴에 환한 미소가 어렸다. 아무래도 고양이…… 비슷한 것에 흥미를 가지는 것 같았다. 코네코도 마침 고양이 귀를 드러내고 있고, 마에다 양도 호랑이 무늬 모자를 쓰고 있어서 고양이 느낌이 났다.

타케다 양이 리아스와 오다 양에게 말했다.

"너희, 저 애들을 나한테 줘!"

""못 줘!""

리아스와 오다 양이 동시에 부정했다! 당연하지!

──바로 그때, 상대의 공격을 화려하게 피하면서 칼등으로 남자들을 쓰러뜨리는 니와 씨의 모습이 내 눈에 들어왔다!

"우후후, 겨우 이것밖에 안 되는 건가요. 10점이면 적당하겠군요."

냉철한 눈동자를 보니 왠지 온몸에 전기가 흐르는 것 같았다! 아아, 누님! 저도 칼등으로 때려주세요!

뒤쪽에서는 타케나카 양이 부적으로 지원하고 있었다!

"어버버버버, 제, 제제제젠키 씨, 도와주세요~! 괴롭힘당하겠어요오오!"

술식을 발동시키자 헤이안 시대 복장을 한 남성이 오망성 진형에서 튀어나오더니, 달려드는 잔당 남자들을 수상한 술법으로 포박하거나 날려버리며 일망타진했다.

"짜잔~! 내 주인의 부름에 응해, 등장!"

저건 식신이라는 거구나! 역시 음양사네!

우리도 오다 양 일행에게 뒤질 수야 없지! 오컬트 연구부가 총

출동해서 영웅파 잔당을 날려 버렸다! 나도 부스티드 기어를 착용한 후, 동료들과 연계해서 상대를 구타했다! 상대의 실력은 별것 아니었다! 우리가 밸런스 브레이크를 발동할 필요도 없을 정도였다! 하위권에서 중간쯤 되는 느낌이다! 하지만 오다 양이 상대하는 타케다 씨는 달랐다!

"꽤 하는걸, 오다!"

"그러는 너야말로 제법이잖아!"

전장 한복판에서 칼과 부채로 격렬한 싸움을 펼치고 있었다! 오다 양도 검술을 익혔는지, 빈틈없이 종횡무진 칼을 휘둘렀다. 거기에 부채와 몸놀림만으로 대처하며 체술을 펼치는 타케다 씨도 상당한 실력자였다.

하지만 부채만으로는 만족할 수가 없는 건지, 타케다 씨는 뒤쪽으로 몸을 날리면서 키바가 만들어낸 칼을 한 자루 뽑아들었다.

두 사람 다 칼을 들고 대치했다. 오다 양과 타케다 씨의 대치는 한 폭의 그림 같았으며, 영화의 클라이맥스 신처럼 긴박한 분위기가 감돌았다.

다음 일격으로 상황이 크게 변할 거라 생각하고 있을 때, 제삼자의 목소리가 들려왔다.

"크크큭! 거기까지다, 오다와 타케다여!"

소리가 난 곳을 보니—— 안대를 한 낯선 금발 소녀와 낯익은 세 사람이 눈에 들어왔다. 그 소녀는 아자젤 선생님이 만든, 빛과 어둠이 뒤섞인 듯한 「흑역사 소드」를 한 손에 쥐고 있었다.

낯익은 이들은 아케노 씨와 아자젤 선생님, 조조라는 기묘한 조합이었다! 조조?! 설마 영웅파의 전 리더가 등장할 줄은 상상도 못 했어!

""조조 님?!""

남자들은 전 리더의 등장에 깜짝 놀라더니, 곧 감동하기 시작했다.

조조는 탄식을 터뜨리며 남자들에게 걸어갔다.

"──전 총독의 부탁으로 조사하고 있었는데, 설마 너희였을 줄이야."

"조조 님?! 살아계셨습니까?!"

잔당들은 조조가 죽었다고 판단했을 것이다. 그런데 살아 있는 본인이 등장했으니, 놀라지 않는 게 무리다.

조조는 창으로 어깨를 두드리며 자조 섞인 웃음을 흘렸다.

"훗. 뭐, 한 번은 나락에 떨어졌지. 그래도 이리저리하다 보니 아직 미련이 있을 뿐이다."

남자들은 무릎을 꿇으며 조조에게 말했다.

"조조 님! 저희의 숙원을 위해, 다시 우두머리가 되어주십시오! 그걸 위해서라면, 무장의 후손이란 저 소녀들도 반드시 손에 넣겠습니다!"

조조는 그 말을 듣고 쓴웃음을 지었다.

"일단 전투를 멈춰. 하아, 무장의 후손이란 저 소녀가 시키는 대로 하는 너희가 그런 소리를 해 봤자 설득력이 없어."

남자들은 그 말에 대꾸하지 못했다. 조조가 우리를 향해 시선을 보냈다.

"미안하다, 효도 잇세이. 그리고 오다의 후손들. 이들은 내가 데려가겠어. 자, 너희는 일단 나를 따라와. 방식은 예전과 다르지만, 이제 와서 버리지는 않겠어. 나라도 괜찮다면, 너희를 돌봐주지."

조조가 그렇게 말하자, 남자들은 눈물을 흘렸다.

"""네!"""

조조는 우리를 힐끔 쳐다본 후, 남자들을 데리고 돌아갔다. 어라, 결판이 나버렸네. 뭐, 영웅파의 예전 리더가 데려간다니 저 녀석들도 따라갈 수밖에 없겠지. 지금의 조조라면 나쁜 짓을 하지 않겠지만…….

의욕이 꺾인 건지, 오다 양과 타케다 양도 칼을 거뒀다. 오다 양은 쓴웃음을 지었다.

"저런 미남이 부르면 가도 좋았을 것 같은데."

"『삼국지』 영웅의 후손이라니, 흥미가 생기는군요."

니와 씨도 '조조'라는 이름에 관심을 가졌다.

——자, 그럼 남은 건 아케노 씨와 아자젤 선생님, 정체불명의 금발 소녀다.

"어, 너희들. 나는 백화점을 둘러보고 있는데, 아케노가 오라고 해서 온 거다. ——그리고 백화점에서 흥미로운 소리를 하는 애도 발견했지."

선생님의 시선이 금발 소녀에게 향했다. 그 소녀는 묘한 포즈를 취하더니, 중2병 느낌의 발언을 하기 시작했다.

"크크크, 타천사의 총독이 소개를 해 준다면 나도 이름을 밝힐 수밖에 없지! 내가 바로 『묵시록의 비스트』이자 천하 복멸의 안티 크라이스트 『사기안룡 마사무네』다~!"

"——라고 하더군."

으, 으음~ 중2병 기질이 있는 애를 발견해서 대충 이야기를 나누다 보니, 상대의 중2병 정신에 불을 붙이고 만 건가? 당사자는 빛과 어둠이 뒤섞인 검을 자랑스럽게 휘두르고 있었다. 위력을 조절했는지, 위험한 파동은 뿜어나오지 않았다. 그저 푸르스름한 아우라과 거무튀튀한 아우라만 나올 뿐이었다.

"본텐마루잖아! 너도 왔구나."

오다 양 일행은 저 소녀를 아는 것 같았다.

"오다 가문의 공주님이 텐구를 찾는다고 들어서, 나도 참가하려고 왔다."

친구인 걸까. 오다 양도 다양한 지인을 가지고 있나 보네.

"헉! 묵시록의 짐승! 트라이헥사와 관련이 있는 걸까?!"

"그쪽과는 관련 없지 않을까?"

제노비아와 이리나가 본텐마루라 불린 애가 아까 했던 말에 반응을 보였다.

"물론 관련은 없다. ——하지만, 재미가 있어서 말이야. 여러모로 부추겨 봤지."

선생님이 킬킬 웃었다. 그렇겠죠~. 관련이 있을 리가 없다. 하지만 재미있어 보여서 부추겨 본 것이다. 당사자는 눈을 반짝이며 「흑역사 소드」를 휘둘러 대고 있었다.

"잘 봐라! 이게 바로 타천사의 총독에게 받은 전설의 검! 섬광과 암흑의 용절도—— 블레이저 샤이닝 오어 다크니스 사무라이 소드 삼식(参式)!"

아~ 엄청 즐거워 보이네. 반짝반짝거리는 저 검을 장난감처럼 다루고 있었다.

"……저, 저런 걸 쥐도 괜찮을까요."

"뭐, 악용은 안 하겠지. 손도 써뒀고 말이야."

선생님은 내 질문을 듣고도 그저 웃으며 지켜보기만 했다.

선생님과 본텐마루 양의 관계는 알았다. 남은 건 아케노 씨가 등장한 이유다.

상황을 지켜보고 있던 아케노 씨는 "우후후." 하고 웃으면서 리아스에게 말했다.

"부장님, 브래지어를 준 텐구를 찾았답니다. 아까 아버지에게 별생각 없이 이야기를 했더니, 짚이는 데가 있다고 하시지 뭐예요……."

아케노 씨의 말에 이 자리에 있는 모든 이들이 주목했다.

"정말?"

"그 텐구는 어디 있어?"

리아스와 오다 양이 아케노 씨에게 물었다. 아케노 씨는 빙긋 웃은 후, 손가락으로 어딘가를 가리켰다. 그 손가락은—— 아자젤 선생님을 가리키고 있었다!

선생님은 오다 양을 보더니, 뭔가가 생각난 듯이 연거푸 고개를 끄덕였다.

"오! 오오! 그 얼굴! 기억에 있어!"

"으음, 아저씨는 누구야?"

오다 양은 당혹스러워했지만, 선생님은 오다 양 일행을 둘러보며 즐거워했다.

"타천사의 예전 우두머리다. 왠지 낯이 익은걸."

그렇게 말한 선생님은 검은 날개를 펼쳤다.

"혹시…… 검은 텐구는 설마……!"

오다 양이 선생님의 날개를 보고 뭔가를 깨달은 눈치였다.

오다 양은 선생님에게 자초지종을 설명한 후, 문제가 된 브래지어를 꺼내서 보여줬다.

선생님은 그것을 보더니, 호쾌하게 웃었다.

"하하하하하하! 그래. 오다 가문에 브래지어를 준 검은 텐구! 그런 식으로 당시의 일이 전해지고 있는 건가!"

"역시 그 검은 텐구는 선생님이었던 거죠?"

선생님은 내 질문에 그리움이 묻어나는 어조로 답했다.

"그래. 수백 년 전의 일이지. 이 나라에서는 전국시대로 칭하는 시절이다. 전쟁은 그 시대의 타천사와 악마가 짭짤한 수익을 올릴 기회거든. 전쟁 때문에 고난에 처한 사람이 우리를 부르거나 혹은 우리가 말을 걸거나 해서, 생명이나 신기한 신구(神具)를 대가로 인지를 초월한 힘을 빌려주는 거야. 그러던 시절이었지. 내가 어느 숲속에서 쉬고 있는데, 한 소녀가 나타났지."

오다 양의 조상님이 선생님에게 이렇게 물었다고 한다.

『너, 혹시 텐구야?』

——하고 말이다.

"그렇게 물으니까 그냥 '그래.' 하고 대꾸했지. 그러자 텐구의 기술을 보여달라지 뭐야. 뭐, 광력을 이용한 기술을 한두 가지 보여줬더니 이번에는 '뭐라도 내놔.' 라고 하더군."

"그래서 브래지어를 줬다?"

"하하하. 우리는 기술자 집단이거든. 세이크리드 기어의 연구부터 신형 속옷까지, 흥미가 생기는 거라면 뭐든 손댔지. 그리고 우연히 가지고 있던 시제품 브래지어를 준 거야."

결과만 알고 보면 선생님답다고 해야 할지, 무슨 짓거리를 한 거냐며 화내야 할지 고민되는 내용이었다. 그래도 오다 양 일행은 진지하게 이야기를 듣고 있었다.

오다 양이 선생님에게 물었다.

"저기, 너는 엄청나게 오래 살았지? 우리 조상님과도 만났던 거지?"

"뭐, 그래."

"우리 조상님은 어떤 사람이었어?"

선생님은 턱에 손을 대면서, 희희낙락하는 투로 이야기했다.

"말괄량이 그 자체였다고나 할까? 하지만 야망이 담긴 멋진 눈을 지녔어. 어떤 난리를 벌였는지도 전해 들었다."

"그러한가! 아, 미안해. 입버릇이거든."

선생님도 그것을 듣고 미소를 지었다.

"그러고 보니 그 애도 같은 입버릇이 있었지. 역시 너희는 닮았는걸."

진실이란 것은 뜻밖의 장소에 숨겨져 있으며, 그 장소는 의외로 곁에 있을지도 모른다는 것을 이번 일을 통해 느꼈다.

　옆에 있던 타케다 씨가 "흥이 식었는걸." 하고 말하며 쓴웃음을 짓더니, 칼을 내던져버린 후에 돌아갔다.

　모든 일이 해결되고, 헤어질 때가 됐다.

　우리는 구교사의 교문 앞에서 오다 양 일행을 배웅했다.

　오다 양이 감사의 말을 입에 담았다.

　"이번에는 고마웠어. 고민거리가 두 개나 해결되어서 기뻐."

　"우리도 참 즐거웠다니깐. 무장의 후손과 만나서 나도 영광이야."

　리아스 또한 인상에 남을 정도로 쭉 즐거워 보였다.

　──바로 그때, 문득 생각난 투로 시바타 양이 입을 열었다.

　"아, 공주님. 답례는……."

　오다 양도 퍼뜩 거기까지 생각이 미친 것 같았다. 답례, 그러니까 이번 의뢰의 대가를 아직 치르지 않은 것이다.

　리아스는 작게 웃으며 이렇게 말했다.

　"브래지어 쪽은 둘째치고, 영웅파 쪽은 답례할 필요가 없어. 그들을 잡는 게 우리의 임무거든. 그리고 브래지어 조사의 보수는 '다음에 느긋하게 차라도 마시며 이야기라고 싶다' ── 는 건 어때?"

　리아스의 제안을 들은 오다 양이 방긋 웃었다.

"그러한가! 아, 또 나왔네. 아무튼 알았어. 리아스 양, 다음에 또 이야기를 나누자. 맞아, 다음에는 내 최고의 파트너도 데려올게. 좀 색골이긴 해도, 좋은 녀석이야."

"색골한테는 익숙하니 괜찮아."

리아스는 나에게 시선을 보냈다. 오다 양도 나를 보더니 "그런 것 같네." 하고 대꾸했다. 색골이라 죄송합니다!

우리는 작별을 아쉬워하면서, 돌아가는 오다 양 일행을 배웅했다.

헤어지던 순간, 오다 양 일행의 즐거운 목소리가 들려왔다.

"자, 그럼 밖에서 대기하고 있는 그 녀석이라도 불러볼까."

"사가라 선배, 분명 인터넷 카페에서 야한 사이트를 보며 '아아~ 나도 여고생이 잔뜩 있는 학교에 가고 싶었어.' 하고 중얼거리고 있을 게 틀림없어요!"

"뭐, 그 녀석이라면 그러고도 남지."

"우후후, 다 같이 저녁이라도 먹을까요?"

"……찬성. 디저트 뷔페가 있는 곳이면 좋겠네."

"네. 요시하루 씨와 케이크 먹고 싶어요."

"크크큭, 디저트 배는 따로 있어."

그 녀석……? 이성 친구라도 있는 걸까. 엉큼한 남자……. 나는 아까 만났던 맹우를 떠올렸지만…… 아니겠지.

나는 마지막으로 궁금했던 점을 리아스에게 물었다.

"그나저나 영웅파의 잔당이 노린 여고생이라면……."

"우후후. 자, 그녀들은 누구의 후손일까?"

그녀는 의미심장한 미소를 지었다.

"오다…… 아케치…… 타케다……. 어? 호, 혹시……?!"

리아스는 대답하지 않고 그저 즐거운 듯이 오다 양 일행을 배웅했다.

뭐, 다음에 만날 기회가 있다면 정체도 알 수 있겠지. 그때를 고대하면 기다리는 것도 나쁘지 않을 거야.

느닷없이 일어난 '전국 브래지어' 소동은 이렇게 막을 내렸다──.

Bonus Life.2 미야마제로식 이야기

[글:카스가 미카게]

●오다 노부나의 학원

"대체 여기는 어디야? 리큐! 하리마! 금단의 이세계 무장 소환술 『미야마제로식』이 실패했어!"

"리, 큐?(오다 가문의 인재 부족을 해결하기 위해 이세계의 무장을 소환하려고 했는데, 우리가 처음 보는 방으로 소환되고 만 것 같아)"

"흐음. 판자로 된 바닥. 푹신푹신한 융단. 촛대와 긴 의자. 여기는 남만인의 방 같은걸. 그리고 시므온은 수상한 마방진의 중앙에 서 있어. 이 마방진은 *시므온이 그린 게 아니야."

"……배고파."

"어이어이. 왠지 불길한 예감이 들어. 술식을 착각해서 잉글랜드 마술사의 방으로 보내졌다 같은 하찮은 사태 같지 않다고. 아니, 16세기에는 없을 가전제품이 실내 곳곳에 있잖아."

"그래, 사가라 요시하루. 아무래도 여기는 원래라면 절대 얽힐 리가 없는 이세계 같아, 므흐~!"

---

* 일본의 역사 인물, 쿠로다 요시타카(통칭 '쿠로다 칸베에', 별명 '쿠로칸' 등)의 기독교 세례명.

"하아. 랜덤 박스를 돌리는 기분으로 소환 마술을 썼더니 이렇게 됐어. 노부나, 무장 육성은 좀 더 착실하게 해야 한다고. 농땡이 피우려고 하니까 이렇게 된 거야."

"랜덤 박스가 대체 뭐야? 그리고 이건 요시하루, 네 탓이잖아! 네가 술식 도중에 마방진에 들어온 바람에, 이런 불상사가 벌어진 거야!"

"진정해! 자중지란을 일으킬 때가 아니라고! 지금이야말로 네 리더십을 뽐내야 할 때야!"

"먼 미래의 말로 얼버무리려고 하지 마!"

어느 날의 일이다.

교토 혼노지에서 다과회 개최를 목전에 두고, 천하포무 사업을 진행 중인 우리의 다이묘 소녀, 오다 노부나는 혼노지에 연금술사 겸 다인(茶人)인 센노 리큐와 남만 과학자 군사인 쿠로다 칸베에를 불러서 '요괴 스네코스리를 소환한 술법으로 이세계에서 무장을 불러내 줘.'라는 말도 안 되는 요구를 했다.

"새롭게 채용한 아라키 무라시게가 셋츠 지방을 순조롭게 평정하고 있지만, 오다 가문에는 아직 무장이 부족해! 야마토 지방의 츠츠이 준케이는 관망만 하며 일을 안 하고, 탄고와 카와치, 이즈미 지방을 맡길 인재는 찾을 수가 없어. 나는 신불에 의지하지 않는 합리주의자지만, 쓸모만 있다면 연금술이든 마술이든 전부 이용해. 남만의 흑마술에 『악마 소환』이라는 게 있지? 너희가 요괴 스네코스리를 소환한 술식도 비슷한 거잖아? 그 술법으로 이세계에서 유능한 무장을 소환해 줘!"

리큐와 쿠로다 칸베에는 서로를 쳐다보았다.

"……리, 큐(스네코스리는 이쪽 세계에서 살던 요괴. 몸을 잃고 혼만 남아 사라지기 직전인 그 요괴에게, 남만의 술법으로 만든 인공 정령의 육체를 줬을 뿐. 이세계에서 소환한 게 아니야.)"

"소환 마술? 술식 자체는 알지만, 비과학적이야. 운 좋게 무장이 소환되면 좋지만, 만약 악마가 소환된다면 큰일 나는 거 아니야?"

"아하~. 하리마(*칸베에의 별칭), 혹시 못하는 거야? 네 호적수인 타케나카 한베에는 전에 음양도의 술법으로 최강의 식신인 젠키를 소환해 사역하고 있거든? 그런데 하리마, 네가 남만의 술식으로 소환하는 건 여자애 다리에나 몸을 문대고 다니는 스네코스리잖아. 참 못났네. 두 사람 사이에 격차가 너무 나는 거 아냐? 너, 천하제일의 군사 자리를 빼앗고 싶지 않은 거야?"

천하제일의 군사! 타케나카 한베에에게 뒤처지고 있다! 이런 문제 발언을 들은 쿠로다 칸베에의 표정이 일변했다!

그야말로 『쿠로칸』스러운 악인 면상이 됐다!

당황한 리큐를 내버려 둔 채, 칸베에는 "므흐~! 이 시므온만 믿어! 아직 보지 못한 이세계에서 최강의 무장을 소환해 주지! 아~하하하!" 하고 웃으며 다다미 위에 오망성 마방진을 그리기 시작했다.

"……리, 큐~(이건, 원래 절대 열어선 안 되는 이세계와의 문을 여는 금단의 술식 『미야마제로식』 마방진? 예측할 수 없는 사태가 벌어질지도. 관두는 편이…….)"

"걱정하지 마, 리큐 사부! 『미야마제로식』 소환 술식의 성공 사례는 들은 적이 없지만, 오다 노부나가 모은 명물 다기를 마방진에 배치하고, 이 시므온의 전매특허 『전자기』를 이용하면 잘 될 거야! 다행히 오늘은 날씨도 나빠! 이 혼노지 정원에 십자가 형태의 피뢰침을 세워서 번개를 떨어뜨리자! 번개에서 빼앗은 전자기의 힘을 실내와 연결된 도선을 통해 마방진에 흘려넣으면, 이세계의 문이 분명 열릴 거야!"

"전자기? 십자가? 피뢰침? 하리마, 왠지 가슴이 뛰네! 엄청 강한 무장이 소환될 것 같아! 아니, 악마라도 괜찮아! 타케다 신겐이나 우에스기 켄신에게 이기기 위해서라면 악마와도 손을 잡겠어!"

"……리, 큐(좋아. 그럼 뒷일은 책임 안져.)"

두오오오옹!

"하리마가 마당에 세운 십자가에 번개가 떨어졌어!"

"……리, 큐? (마방진이 빛나기 시작했어!)"

"오오오오? 항상 아쉽게 실패하기만 했는데, 오늘은 이 시므온의 뜻대로 풀리고 있어! 꿈만 같아! 나, 쿠로다 칸베에의 시대를 알릴 때는 바로 지금이야~! 불어라, 바람! 내달려라, 번개! 어이, 오다 노부나! 사부님! 위험하니까 마방진 밖으로 나가!"

칸베에가 "공주님도 운이 트였어! 이걸로 오다 노부나는 천하의 주인! 아~하하하!" 하고 음흉한 웃음을 흘리며 마방진 옆에서 춤추고 있을 때——.

현대에서 온 미래인 무장, 사가라 요시하루와 호랑이 가죽을 뒤집어쓴 조그마한 체구의 공주 무장, 마에다 이누치요가 아무 것도 모른 채 이 방에 들어오더니…….

"왜 덩실덩실 춤추고 있는 거야?"

"……배고파."

딱 봐도 수상한 빛을 뿜고 있는 마방진의 한복판에 성큼 발을 들인 것이다!

"앗~! 뭐 하는 거야, 사가라 요시하루! 나가! 나가란 말이야! 시므온의 술식을 방해하지 마! 몸이 갈기갈기 찢어질 거야!"

"리, 큐(큰일 났어. 끌어내야 해.)"

"요시하루? 이누치요? 마방진에 들어가면 안 돼! 이쪽으로 와!"

"뭐? 마방진? 전국시대의 혼노지에 이런 게 왜 있는 거야?"

"……과자를 주면, 움직일게."

"아차, 이미 발동했어! 오다 노부나! 사부님! 이 두 사람의 멱살을 잡고 빨리 끌어내—— 우햐아아앗?"

번쩍. 노부나 일행이 모여있던 혼노지의 한 방에서, 눈부신 섬광이 뿜어져 나왔다.

마방진 발동에 휘말린 다섯 명은 실내에서 모습을 감췄다——.

"이리하여, 우리 다섯 명은 이세계로 오게 된 거야! 이미 벌어진 일 가지고 구시렁거려봤자 소용없어. 어쩔 수 없는 일이잖아! 이 남만 느낌의 방을 오다 가의 새로운 본성으로 삼기로 하고, 즉시 군사 회의를 시작하자!"

오다 노부나의 적응력은 비정상적이었다. 이런 사태에 처했는데도 '어쩔 수 없는 일'이란 말 한마디로 전부 넘어가 버리는 이 호걸의 그릇을 보고, 요시하루는 "정말 그래도 되겠어?" 하고 딴죽을 날리면서도 감탄했다.

"므흐~! 척후를 맡은 이누치요의 보고에 따르면, 여기는 『쿠오우 학원』이라는 나라라고 해. 그리고 이 방은 『오컬트 연구부』로 불리는 세력의 『부실』 같아."

"……건물 외부를 탐색 중에 마츠다, 모토하마라고 하는 하급 무사와 조우. '코스프레 파티라도 하는 거야? 코네코 양.'이라고 이누치요를 고양이 취급하는 모욕을 줬기에 창을 휘두르며 날뛰었더니, 울며불며 아는 걸 다 털어놨어. 참 좋은 사람들이야."

"그러한가. 쿠오우란 이름의 다이묘는 들어본 적이 없는걸. 이누치요, 그 둘은 어떻게 했지?"

"……『양갱』이란 과자를 주길래 놔줬어. 이게 양갱. 언뜻 보면 우이로우와 비슷해 보이지만 혀를 자극하는 강렬한 단맛을 지닌 이세계의 과자야. 쌀이 재료가 아닌 것 같아. 냠냠."

"그래서 너는 아까부터 과자를 먹고 있었던 거구나! 모처럼 잡은 적병을 놔주면 어떻게 하난 말이야."

"……리, 큐?(『학원』은 대체 뭐지?)"

"틀림없어. 여기는 내가 살던 미래의 일본과 매우 흡사한 이 세계야! 이 건물은 고등학교 건물이라고! 학생들이 돌아다니지 않는 걸 보면, 수업에 쓰이지 않고 문예부의 부실이 있을 뿐인 구교사 같네."

"어? 우리는 삼종신기도 없이 요시하루의 세계에 온 거야? 그 그그그, 그럼 요시하루의 아버님과 어머님에게 인사를 하러 가야겠네! 모모모, 모자란 구석이 많지만 자자자, 잘 부탁드립니다, 하고……."

"그, 그건 무리야, 노부나. 여기는 내가 살던 세계가 아닌 것 같거든."

"뭐야~. 괜히 놀랬잖아! 내가 얼마나 당황했는지 알아?!"

"내가 살던 세계와 매우 흡사하지만, 미묘하게 달라. 실내에 전기가 들어와서 부실의 컴퓨터로 검색해 봤는데, 내가 살던 마을은 이 세상에 존재하지 않았어……. 그리고 이 만화 단행본을 봐. 내가 애독하던 명작 만화인데, 타이틀이 『드라군 볼』이라고 되었어. 아무래도 패러렐 월드인 것 같네……. 어이, 칸베에! 컴퓨터를 분해하지 마! 정보 수집을 할 수 없게 된다고!"

"우와! 이 얇은 판 같은 기계는 대체 뭐야? 어떤 방식으로 작동하는 건데? 부품을 챙겨서 전국시대로 가져가야지, 므흐~!"

"CPU는 챙겨도 못 써."라고, 요시하루는 딱 잘라 말했다.

"애초에 어떻게 해야 원래의 전국시대로 돌아갈 수 있는지 모르는걸. 우리는 우연한 사고로 이 쿠오우 학원에 온 거잖아."

"……리, 큐."

"……양갱, 맛있어."

"노부나, 어떻게 할 거야?"

"어쩔 수 없지. 돌아갈 방법을 모른다면, 미래를 향해 나아갈 수밖에 없어! 이것도 천명! 쿠오우 학원을 무대로, 천하포무를 수행할 뿐이야! 이 학원을, 오다 노부나의 학원으로 만들겠어!"

"므흐~! 그럼 이 오컬트 연구부의 부실을 점거해서, 『천하포부』로 개명하자!"

"그거야, 하리마! 『천하포부』. 내가 본성으로 삼는 이 부실에 딱 어울리는 이름이네! 다들 사방으로 흩어져서 이 학원의 전력 분석 및 세력도와 지도를 만들어! 일단 가장 강해 보이는 녀석에게는 선물 공세로 비위를 맞추며 방심하게 만드는 거야!"

"그건 오다 노부나가의 상투 수단이네. 잠깐만, 노부나! 학원은 전쟁하는 곳이 아니! 젊은이들이 평화롭게 모여서 공부와 부활동과 스포츠, 그리고 연애에 힘쓰는 꿈만 같은 공간이라고! 내 고등학교 생활은 여자애에게 하나도 인기 없는 암흑시대였지만 말이야!"

"아, 하지만 적당한 선물이 없는걸. 그럼 기습 공격을 해서 적의 중요 거점을 불태워버리자. 학원 안에는 이 건물 말고도 다른 성도 있는 것 같으니까, 차례차례 불을 지르는 거야. 우리의 병력은 겨우 다섯 명이잖아. 식량도 없으니, 상대가 농성으로 나오면 귀찮아져."

"내 영혼의 외침을 들어줘!"

"므흐~! 이 시므온에게 전부 맡겨! 우선 맞은편 건물로 진군해서 『식당』을 제압하자! 식당에는 이 학원의 무사들을 먹여 살릴 양곡이 잔뜩 있대! 병참 말리기 작전으로 가자~!"

"좋은 생각이야, 하리마! 그럼 식당을 점령해서 무사들을 굶겨 죽이자!"

"아~하하하! 다음은 『풀장』의 둑을 무너뜨려서, 수공을 하는 거야!"

"……리, 큐?(기왕이면 다실도 있으면 좋겠어.)"

"그래. 다실도 점거하자! 찾아보면 분명 있을걸?"

"……이 학원에서는 고양이가 인기인 것 같아. 개야말로 지고의 동물이라는 걸, 이 학원 무사들에게 똑똑히 알려주겠어."

"즉 이곳은 혼묘지의 문도들이 다니는 학원인 거구나? 그럼 봐줄 필요는 없겠네!"

"멈춰, 멈춰, 멈춰~! 다들! 전국시대의 척도로 학원을 공격하지 마! 제발 부탁이니까, 학교 생활을 경험해 본 내 말을 들어~! 야, 노부나! 일본도를 뽑지 마! 불법 무기 소지죄로 잡혀가!"

이미 익숙해졌지만, 이 녀석들은 그냥 전국시대의 무장이네! 그렇게 생각한 요시하루는 울상을 지으며 노부나를 뜯어말리려고 했다.

하지만 태어나서 처음으로 이세계에 와서 들뜬 노부나를 말릴 수는 없었다.

"이거 봐, 요시하루. 저 상자를 시험 삼아 베어볼 거야! 체스토오오오오!"

노부나는 방구석에 굴러다니던 종이 상자를 일도양단하려고 칼을 휘둘렀다.

　그 순간, 히이이이익! 하는 귀여운 여자애의 비명이 부실에 울려 퍼졌다.

　"……."

　"어라? 노부나의 몸이, 정지됐어? 어, 어이, 노부나?"

　"헉……? 뭐야? 방금 무슨 일이 일어난 건데? 내가 베려고 했던 상자가 사라졌네?"

　요시하루가 "진짜네. 노부나만이 아니라 우리의 몸도 한순간 정지됐던 건가?" 하고 말하며 고개를 갸웃거렸다.

　"이…… 이건 혹시…… 시간 정지 능력? 역시 내 나쁜 예감이 적중한 건가?"

　"요시하루, 무슨 소리야?"

　"언뜻 보기엔 내 세계와 똑같지만, 여기는 과학만이 아니라 마법도 발달한 세계야! 이 학원은 위험해!"

　"므흐~! 공략 난이도가 높다는 거네! 이거, 평정할 보람이 있겠는걸!"

　"나 같은 자칭 제육천마왕이 아니라, 진짜 마왕이 있을지도 모르는 세계인 거지? 후, 후, 후. 더욱 의욕이 샘솟는걸!"

　"너희 말이야. 너무 호전적이잖아! 역시 원래 세계로 돌아갈 방법을 찾아야 할 것 같아! 아, 그래도 합법적으로 현역 여고생의 교복 차림과 체육복 차림을 감상할 수 있는 학생 생활도 땡기네! 죽기 전에 한 번이라도 좋으니까, 진짜 학교 수영복을 보고 싶어!"

하지만, 대체 어떻게 하면 돌아갈 수 있을까? 요시하루가 마방진에 들러붙어서 "우오오오, 빛이 안 나~." 하며 떠들고 있을 때, 부실 문이 조용히 열렸다.

복도 밖에는 금발 미소년이 서있었다.

"어서 오세요, 이세계에서 오신 여러분. '한 사람이 늘어난 만큼, 한 사람이 빠진다'. 그게 이 소환 마술 『미야마제로식』의 룰 같군요."

"……리, 큐(미소년.)"

"……같은 이세계인이라도, 요시하루와는 딴판이네."

"오다 가문의 피를 이어받은 걸까? 이게 미래에 실존한다는 미남이란 거구나!"

"므흐~. 여기가 사가라 요시하루의 세계와 다른 이세계라는 걸, 시므온은 이제야 납득했어!"

"우아아아아아! 그래! 나는 지금, 학생 생활의 잔혹한 실태를 떠올렸어! 떠올렸다고오오오~! 교실을 내 러브러브 하렘으로 만드는 건 고사하고, 일부 미남에게 모든 여자애를 다 빼앗기는 이 잔혹한 격차, 굴욕, 절망을 떠올렸단 말이다! 특기가 피구공 피하기와 전국 SLG 파고들기밖에 없는 나는 그야말로 가지지 못한 자, 가난뱅이, 진화의 패배자, 학교 계급 사회의 불가촉 천민이었어어어엇! 그래. 여기서는 '찌찌 만지고 싶어.' 라고 중얼거리기만 해도 여자애들에게 인간 취급을 못 받게 돼! 나는 역시 전국시대에 돌아갈래! 미남은 확 죽어버려!"

"당신은 잇세 군과 닮았군요."하고 그 소년은 말하며 웃었다.

"저는 키바 유우토라고 합니다. 이 오컬트 연구부의 부원이죠. 지금, 오컬트 연구부는 매우 곤란한 사태에 처했어요. 부디 해결을 위해 협력해 주셨으면 합니다. 여러분의 협력이 꼭 필요해요."

"곤란한."

"사태?"

"……양갱 먹고 싶어."

"리, 큐~."

잠깐만 있어 봐! 일부러 이세계까지 와서 만난 상대가 남자, 그것도 미남?! 뭔가 잘못된 거라고! 글래머에 귀여운 여자애가 우르르르 나와야 하는 거 아냐?! 요시하루가 그런 식으로 외쳤지만, 자신의 이름이 키바라고 밝힌 소년은 쓴웃음을 지었다.

"그렇게는 안 될 것 같군요. 실은 오늘 아침에 오컬트 연구부에서도 『미야마제로식』의 술식을 펼쳤죠. 오컬트 연구부는 위장이며, 사실 저희는 악마인 리아스 그레모리 부장님의 권속입니다. 부원 전원이 악마죠. 아, 천사도 있지만요."

"""악마?!"""

"저 종이 상자 안에는 시간 정지 능력을 지닌 부원이 숨어 있었습니다. 아까 베일 뻗어서 여러분의 시간을 멈춘 후, 부실 안쪽에 틀어박혔죠."

"시간 정지이이이이?"

터무니없는 세계에 와버렸다. 아~ 기왕이면 본텐마루를 데려왔으면 좋았을 거라고 요시하루는 생각했다.

"하지만 악마라고 해도 순혈종은 적습니다. 인간 같은 이종족을 전생시켜 권속을 늘리는 게 일반적이죠. 고문인 아자젤 선생님이 '결코 실행해서는 안 된다고 여겨지는 금단의 이세계 전사 소환 의식, 미야마제로식를 시험해 보고 싶지 않느냐? 이유? 뻔하잖아. 3학년이 졸업해버린 현재, 우리는 (찌찌) 전력을 보강할 필요가 있지. 이세계에서 가장 강한 (찌찌) 전사를 소환해야만 하는 거다!' 하고 잇세 군을 부추겼고, 저희는 금단의 소환 마술 『미야마제로식』을 쓴 겁니다. 잇세 군도 처음에는 '아무리 찌찌를 위해서라도 너무 위험해.' 하고 머뭇거렸지만, '너는 애인이 생겼다고 만족한 거냐? 이대로 성장을 멈출 거냐? 하렘왕이 되는 꿈은 어디 갔지? 남자를 강하게 만드는 것은 바로 꿈. 야망. 굶주림과 갈망이라고.' 하고 교묘한 말로 부추기는 아자젤 선생님의 꼬임에 넘어갔죠. 하지만 아무래도 이세계에서 치러진 『미야마제로식』의 마방진과 이 부실의 마방진이 이어지고 만 것 같아요."

"즉, 우리 세계에서 다섯 명이 이곳에 왔다는 건……."

"네. 잇세 군과 리아스 부장님을 비롯한 다섯 명의 부원이 여러분 세계에 소환됐어요. 게다가 이 일을 벌인 아자젤 선생님은 급히 『D×D』의 회의에 불려가서 한동안 돌아오지 못할 상황이죠. 남겨진 저는 급히 『미야마제로식』을 조사해서 이 뜻밖의 사고가 벌어진 이유를 알아냈습니다. '한 사람이 늘어난 만큼, 한 사람이 빠진다'. 이것이 『미야마제로식』에 숨겨진 룰이었어요. 저희 세계에서는 천사, 타천사, 악마가 삼파전을 벌이며 수많은 희생자를 낸 시대도 있었죠. 그런 극한 상황에도 이 술식을 쓰려고 한 사람은 없었어요. 그건 이세계에서 전력을 보충한 만큼, 이쪽 전력을 잃게 되기 때문이죠. 역시 세상에는 쉬운 일이 없군요."

"다섯 명이 소환되었으니 다섯 명이 역소환됐다는 거야?! 전국시대의 혼노지에 악마가 다섯 명이나 나타났다는 거네? 대체 뭐가 어떻게 된 거야아아아아아! 여, 역사에 모순이이이이이!"

"그래요. 그러니 되도록 빨리 잇세 군 일행을 이곳으로 불러와야 하죠. 그걸 위해, 여러분 다섯 명을 원래 세계로 보내야만 합니다."

노부나와 칸베에가 서로를 쳐다보았다.

"믿기지 않는 이야기네. 하리마는 어떻게 생각해?"

"오다 노부나. 너는 어쩌고 싶어?"

"천사, 타천사, 악마의 3대 세력이 벌이는 대전쟁! 마치 성서의 『묵시록』 같아서 가슴이 뛰어! 이것도 운명이야. 꼭 끼고 싶어! 일본 통일은 그 후에 해도 되지 않아? 머지 않아 시작될 『오다 노부나의 대항해시대』를 위한 귀중한 경험이 될 거야."

"므흐~! 역시 오다 노부나! 동요하기는커녕 기뻐하다니, 끝없는 야망의 소유자네! 좋아, 이 시므온만 믿어!"

"너희 말이야~. 부장이란 분들을 돌려놓지 않으면, 오컬트 연구부 분들이 곤란한 거라고."

"난처하게 됐군요. 그러고 보니 여러분은 전국시대의 오다 가문에서 오신 것 같은데, 『*혼노지의 변』은 대체 어떻게 됐나요? 아케치 미츠히데 씨는 오시지 않은 것 같은데요."

"우왓~ 우왓~! 어이, 미남! 노부나 앞에서 그 이야기하지 마! 수습하기 어려워진단 말이다!"

"그런가요. 실례했습니다."

"……우이로우도 맛있지만, 양갱도 맛있어. 곤란하네."

"……리, 큐~(다실 가지고 싶어)."

"나한테도 양갱 줘, 이누치요! 우이로우와 어떻게 달라?"

"이 우롱차란 건 뭐야? 다과를 즐길 때는 쓰디쓴 녹차가 딱인데. 우물우물."

노부나는 못 들은 것 같다. 다행이다.

요시하루가 가슴을 쓸어내리고 있을 때…….

똑똑.

키바가 닫은 문에서 노크 소리가 들려왔다.

『효도 잇세이, 있느냐? 나다. 조조다. 볼일이 있어 겸사겸사 찾아왔다.』

"조, 조조? 『삼국지』의 영걸이 왜 일본의 학원에 있는 거야?"

"이 세상에서는 평범한 역사 및 신화의 신들과 영웅이 활동하고 있거든요. 하지만 곤란하게 됐군요. 조조는 『트루 롱기누스』를 소유한 초거물이죠. 잇세 군을 비롯한 부원 다섯 명이 빠진 이 오컬트 연구부의 상황을 눈치채면 성가신 일이 벌어질 겁

---

*혼노지의 변 : 1582년, 당시의 일본 수도 교토를 점령하고 사실상 전국시대를 평정한 지배자의 자리에 가장 가까이 갔던 오다 노부나가가 혼노지라는 절에서 부하 아케치 미츠히데의 군대에 습격당해 죽은 사건.

니다. 아니, 조조는 이 부실에서 범상치 않은 이변에 일어났다는 것을 눈치채고 본인이 직접 조사하러 온 거겠죠."

"관우가 그랬던 것처럼 있으면서 없는 척 하자. 조조라면 순순히 돌아갈 거야."

"요시하루 군, 이라고 했죠? 당신은 외모와 체구가 잇세 군과 비슷해요. 헤어 스타일을 이렇게, 이렇게, 이렇게 하면 적당한 대역이 되겠군요. 자, 제 교복을 입으세요."

"어? 내가? 대역?"

"들통나지 않도록, 여자애와 찌찌 이야기만 하세요. 그걸로 어떻게든 될 거예요."

"뭐야. 연기 안 해도 되는 거구나. 그럼 걱정하지 말라고!"

미남이 옷을 벗어! 므흐~ 미남의 알몸이다! 피부가 하얗네…… 리큐…… 하고 노부나를 비롯한 공주 무장들이 새된 환성을 지르는 가운데, 요시하루는 머리카락에 무스를 발라 세워서 '가짜 잇세'가 된 후에 문을 열었다.

문 너머에서 또 미남이 나타났다. 한쪽 눈에 안대를 착용하고 있었다.

"음? 너, 진짜로 효도 잇세이냐? 못 본 사이에 얼굴이 달라진 것 같은걸. 왠지 원숭이 같아졌다고나 할까……."

전혀 먹히지 않았잖아. 대뜸 의심부터 한다고, 키바아아아아!
요시하루는 마음속으로 울부짖었지만, 이렇게 되면 끝까지 우길 수밖에 없다.

"너, 너야말로 진짜로 조조냐?"

"뭐?"

"조조라면 그거잖아. 『오다 노부나가 공의 야망』과 어깨를 나란히 하는 역사 SLG 불후의 명작 『삼국지 대연의』에서 위나라의 대장을 맡은 영걸 말이야."

"그래. 그 조조는 내 조상이야. 후손인 나는 수염을 안 길러."

"아니, 『삼국지 대연의』의 이야기를 하는 게 아냐! 현실과 게임이 다르다는 건 나도 안다고! 나는 상식인이야! 내가 납득이 안 되는 건! 조조는! 내 기준에서 보자면! 금발 미소녀여야 한다고!"

"뭐……?"

"그래! 오다 노부나가가 실은 천하제일의 미소녀 오다 노부나였던 것처럼, 현실의 조조 또한 미소녀일 게 틀림없어! 역사서에 남겨진 수염 기른 조조가 가짜야! 어디 사는 누군가가 조조를 남자로 왜곡한 거야! 오다 노부나가 오다 노부나가 된 것과 마찬가지인 거지! 분명 유교의 영향이야! 유교에 맛 들인 역사가들이 미소녀가 전장의 영걸로서 남자들을 지배하며 군림하는 진짜 역사를 후세에 전하고 싶지 않았어! 즉, 네가 진짜 조조라면 남자일 리가 없다고!"

"효도 잇세이. 너, 설마 찌찌 중독이 진행된 바람에 나까지 머릿속으로 여체화하게 된 거냐?"

"아하, 알겠다! 조조는 사정이 있어서 남장을 하고 있는 거지?! 말 안 해도 돼! 난세에서는 흔한 일이거든. 발달된 대흉근 같아 보이는 가슴도 실은 천으로 감아서 숨긴 가슴, 터질 듯한 찌찌일 가능성이——?!"

"이봐, 내 몸에 손대지 마. 설마 드레스 브레이크나 버스트 링퀼에 이어, 여체화 마술을 개발한 건 아니겠지? 그것만은 안 돼. 아무리 너라도, 그건 안 된다고. 악랄한 정도가 아니라 변태나 할 소행이라고. 아니, 효도 잇세이의 전술로는 적절한 가……?"

"후후후. 만져 보면 알 수 있지. 꼼지락꼼지락꼼지락."

"아~. 나는 감기에 걸렸나 봐. 온몸에 소름이 돋으니까, 이만 돌아가 보겠어. 제발 부탁인데, 머릿속으로 나를 여체화시키지는 말라고……."

조조는 "머리가 다 지끈거리네."하며 관자놀이를 손으로 누르더니, 그대로 돌아갔다!

"대단해요, 요시하루 군. 저도 당신이 무슨 말을 한 건지 모르겠지만, 조조가 두통을 호소하며 돌아가게 할 만큼 영문 모를 대사와 괴상한 연기였어요!"

"휴우. 내가 생각해도 좀 기분 나쁘기는 했지만, 평소 쌓여 있던 마음의 외침을 그대로 입 밖으로 토해내니 어떻게 됐어. 그런데, 드레스 브레이크와 버스트링퀼이 뭐야?"

"그걸 이세계에서 온 손님에게 가르쳐 주는 건 좀……. 아하하. 그것보다, 신체 접촉을 통해 남자를 여자애로 만드는 여체화 마술인가요. 찌찌에 범상치 않은 집착을 지닌 잇세 군이라면 진짜로 개발할지도 모르는 꿈만 같은 기술이군요. 만약 제가 여체화된다면, 잇세 군도……."

"어이, 키바? 왜 촉촉하게 젖은 눈으로 얼굴을 붉히는 거야?"

"이럴 때가 아니군요. 빨리 잇세 군을 불러서 꿈의 아이디어, 여체화 마술을 익히게 해야겠어요."

"어?"

'왜 조조를 쫓아버린 거야, 미남이었는데.' 하고 노부나 일행이 말하면서 요시하루를 향해 책을 차례차례 던져댔다.

"조조와 오다 노부나, 중국과 일본을 대표하는 영걸이 만날 절호의 기회였는데! 조조와 동맹을 맺는다면, 이 세상에서 천하를 차지하는 것도 가능하단 말이야!"

"크아~! 나도 납득한 건 아냐! 모처럼 이세계에 소환됐는데, 남자만 보고 있잖아! 미소녀는 없는 거냐고오오오오!"

"많이 있습니다만, 오늘 부실에 왔던 여자 부원은 전부 전국 시대로 소환되어 버렸죠. 제노비아를 비롯한 몇몇은 선거 활동 중이고요."

"뭐, 미소녀라면 여기에 네 명이나 있으니 한탄하지 마, 사가라 요시하루! 이 세상에는 조조도 있으니, 쿠로다 칸베에와 타케나카 한베에, 그리고 오다 노부나가 있어도 이상할 게 없지! 부실 밖으로 나가서 찾아보자, 므흐~!"

"그래. 조조의 후손이라고 했지만, 박력으로 봐서는 본인 아닐까? 예를 들어서 몸은 후손의 것이지만, 영혼을 이어받았다거나…… 천사와 악마가 있는 세상이니까, 그런 것도 가능할 거야."

"……마에다 이누치요를 찾을래. 하지만 남자라면 곤란해. 가슴이 크다면, 가슴 따위는 장식이라고 설교해 줄래."

"리, 큐(센노 리큐도 있을지 몰라.)"

어라? 하며 요시하루는 의문을 느꼈다.

"저기, 키바. '한 사람이 늘어난 만큼, 한 사람이 빠진다', 그게 룰이라고 했지?"

"네. 요시하루 군, 그게 어쨌다는 거죠?"

"큰일 났네. 역사에 모순을 없애려고 이세계에서 넘어온 사람의 숫자만큼 원래 세상의 사람 수를 줄인다, 그게 『미야마제로식』의 룰이라면…… 이쪽 세계와 저쪽 세계에 각각 존재하던 동일 인물이 대면했다간 그 룰이 깨져. 대소멸(對消滅)을 일으키는 거 아냐?"

"앗? 그럴지도 모르겠군요. 혹시 『미야마제로식』의 진정한 위험성은 그게 아닐까요?"

"현대 일본의 학원과 전국시대의 혼노지. 원래라면 동일 인물이 마주칠 리가 없지만, 이 세상에는 조조란 이름을 지닌 영웅이 존재해. 그렇다면……."

"만약 오다 노부나 양이 이쪽 세계의 오다 노부나가와 마주치면……."

"대소멸이다! 큰일 났네! 빨리 원래 세계로 돌아가야 해!"

"그런 걱정은 하지 않아도 됩니다. 요시하루 군. 제가 알기로 이쪽 세계에 오다 오부나가 씨는 없으니까요. 쿠로다 칸베에 씨와 센노 리큐 씨와도 만난 적이 없죠. 그리고 조조도 삼국지 시대의 조조가 아니라, 어디까지나 후손이고요."

"그래도 말이야. 나는 아까 찾아왔던 조조와 삼국지의 조조를 무의식적으로 동일시했어. 노부나가 이 세상에서 뭔가를 본 순간, 그 녀석을 또 한 명의 자신이다, 오다 노부나가라고 『인식』하면! 아마 대소멸의 룰이 발동돼!"

요시하루와 키바의 등 뒤에서, 노부나 일행이 환성을 질렀다.

"어이, 노부나! 함부로 TV를 켜거나 책을 펼치지 마! 특히 TV는 절대로 안 돼!"

"어~? 요시하루, 티비가 뭐야?"

"이 녀석 말하는 것 아닐까?"

이미 늦었다.

칸베에가 흥미에 찬 미소를 지으며 리모컨을 조작하자, 벽쪽에 있던 텔레비전이 켜졌다.

때마침, 국영방송의 전국 시대극이 방영되고 있었다──.

『SHK 역사 드라마 일인자 쿠로칸! 제3화 오케하자마 전투』

노부나 일행이 태어나서 처음으로 본 TV 화면에서는──.

『인간~ 50년~.』

『노부나가 님! 이마가와 요시모토의 군세가 와시즈 성채를……!』

『하늘 아래 시간과~ 비교하자면~.』

『춤추지 마시고 군사 회의를! 오다, 노부나가 니이이이이임!』

"뭐가 어떻게 된 거야? 인간이 판자 안에 있어, 칸베에! 오케 하자마 전투 전에 저렇게 춤을 추다니, 마치 나 같네!"

"게다가 노래를 부르면서 춤추는 남자는 오다 노부나가라고 불렸어. 므흐~!"

"그럼 이 녀석이 이쪽 세계의 나인 거야? 요시하루한테 들었어. 다른 세계의 나는 남자이고, 오다 노부나가라는 이름이래. 이 녀석이, 바로 그——."

고오오오오오.

노부나의 몸이, 흐릿해지기 시작했다.

"요시하루 군! 이게 대체……?! 그래, 전국시대의 인간은 TV를 몰라! TV 안에 진짜 인간이 있다고 '인식' 해서——."

"안 돼, 노부나아아아아아아! 저건 인간이 아냐! 진짜 오다 노부나가도 아니라고! 평범한 TV 방송이야아아아아아!"

요시하루는 투명해지기 시작한 노부나의 몸을 끌어안으려 했다.

하지만 그 손은 노부나의 몸에 닿지 않고 그대로 통과했다.

"이미 사라지기 시작했어! 노부나?!"

●혼노지D×D

"미안해, 리아스. 소환에 실패한 것 같아. 아무래도 우리가 이 절로 역소환된 것 같네."

"네 탓이 아니야, 잇세. 금단의 『미야마제로식』, 예상했던 것보다도 위험한 술식인가봐. 여기는 천계도, 명계도 아니야. 전혀 다른 미지의 이세계 같네."

"어머머머, 우후후. 부실에 돌아가면 아자젤 선생님께 벌을 줘야겠군요."

"잇세 씨. 일본식 방의 다다미에 낯선 마방진이 그려져 있어요. 이게 어떻게 된 걸까요? 일본의 절에, 왜 마방진이 있는 거죠?"

"……아마 이 방에서 『미야마제로식』을 쓴 사람이 있는 것 같아요."

"으윽. 다들 정말 미안해……!!"

리아스와 아케노가 졸업을 앞두자, 효도 잇세이는 초조해졌다.

아시아와 코네코, 레이벨은 진급해도 여전히 오컬트 연구부에 남고, 이리나도 정식 부원이 됐으며, 제노비아 또한 학생회장이 된다는 야망을 이뤄도 동아리 활동은 계속한다고 했다. 그러니 오컬트 연구부가 자랑하는 꿈의 하렘 상태는 꿈쩍도하지 않는다──고 할 수 있지만──지만, 리아스와 아케노라는 양대 글래머 누님이 졸업하는 건 너무 아쉽다. 대미지가 어마어마했다.

그런 고민에 잠긴 잇세이에게, 아자젤은 악마, 아니 타천사의 유혹을 펼쳤다.

'금단의 이세계 전사 소환 마술 『미야마제로식』에 도전해 보지 않겠느냐? 잇세, 너는 애인이 생겼다고 만족해서 성장을 멈추는 남자였어?' 하고 말이다. '그렇지 않아!『미야마제로식』?
어디 한번 해 보자고!' 하며 의욕을 낸 잇세이는 '이만큼이나 세
이크리드 기어가 모였으니 분명 성공할 거야.' 란 말로 리아스
일행을 설득한 후, 술식을 펼쳤는데——.

그 결과, 소환 작업 중에 마방진이 폭주했다. 그리고 눈을 떠
보니 부실에 있던 다섯 명의 부원—— 잇세이, 리아스, 아케노,
아시아, 코네코가 낯선 절의 한 방으로 역소환되고 말았다.

"잇세. 절 밖에서 함성 같은 게 들려와."

"아무래도 포위된 이곳으로 화살이 날아오고 있는 것 같군요.
어머어머, 우후후."

"전국의 깃발에는 도라지꽃 문양이 그려져 있어요. 잇세 씨,
여기는 대체 어디죠?"

"……이런 곳에 양갱과 비슷한 음식이. 우물. 입안에 남지 않
는 깔끔한 단맛……. 맛있어요."

절을 포위한 도라지꽃 문양을 본 잇세이는 "어?" 하고 외쳤다.

"그래. 아시아는 모르는 게 당연해. 저 문양은 아케치키쿄! 적
은 아케치 미츠히데의 군대야! 그럼 이 절은——."

『적은 혼노지에 있다, 예요! 공격하라, 예요!』

"적병들 사이에서 여자애 목소리가 들리네? 역시 여기는 혼
노지구나아아아아아아!"

"잇세, 무슨 일이 일어난 거니? 미지의 이세계에 소환되자마
자, 적에게 포위 공격을 받는 거야?"

"리아스. 여기는 전국시대의 교토야. 아무래도 우리는 남의

덤터기를 쓰게 된 것 같아. 천하제일인 오다 노부나가가 가신인 아케치 미츠히데에게 당하는 역사적 사건 『혼노지의 변』에 휘말린 거야! 젠장, 무사의 함성만 들려! 찌찌 양분이 너무 부족해!"

"어머어머. 잇세 군은 수학여행 이후로 또 교토에 온 게 되는군요. 우후후. 그럼 오다 노부나가 씨를 찾아볼까요. 아직 혼노지에 있을 테니까요."

"아케노 씨. 느긋하게 이야기를 할 때가 아니에요! 이게 혼노지의 변이라면, 일본 사상 최대의 빼도 박도 못할 하극상이잖아요! 가만히 있다간 아케치 미츠히데의 손에 죽을 거라고요!"

"그럼 아케치 미츠히데 씨와 싸울 수밖에 없는 건가요? 저기…… 잇세 씨? 저희가 함부로 간섭했다가 역사가 바뀌는 건 아닐까요?"

"……오다 노부나가는 아마 이 세상에 없을 거예요. 이 방에 있던 이들은 『미야마제로식』으로 다른 세계에 갔을 테니까요."

코네코는 이 방의 마방진이 『미야마제로식』이라고 확신하는 것 같았다.

"어떤 사고가 발생해서 두 『미야마제로식』의 마방진이 이어진 걸까? 우리가 이쪽으로 소환되는 것과 동시에, 오다 노부나가가 우리의 마방진으로 소환된 걸지도 몰라."

"금단의 술식으로 여겨진 이유를 알 것 같군요. 대가를 지불하지 않고 이세계에서 전사를 소환할 수 있다면, 과거에 마왕과 타천사들이 썼을 테니까요."

"꺄앗? 부, 불화살이 날아오잖아요? 이대로 있다간 혼노지와 함께 저희도 불타버릴 거예요!"

"역사 개변 문제를 신경 쓸 때가 아냐! 드레이그, 부탁해! 아 케치 군을 격퇴하자! ……어, 드레이그가 나오지 않아?"

"번개를 날리는 힘도 쓸 수 없군요."

"큰일이에요. 제 세이크리드 기어도 발동되지 않아요!"

"아무래도 이곳은 마력을 대대적으로 쓸 수 없는 세계 같네. 마력의 잔재 같은 건 느껴지지만, 마력을 발동할 만한 상태는 아니야."

"젠장~. 우리 세계와는 법칙이 다른 거구나."

"……마력은 발동되지 않지만, 완력은 그대로예요. 힘으로 격퇴하죠."

코네코가 후려친 흙벽이 「두웅」 하는 소리를 내며 분쇄됐다.

"오오. 신체 능력 그 자체는 그대로구나. 그럼 해 볼 만해!"

바로 그때, 어버버~ 기다려주세요! 하며 잇세 일행을 부르는 소녀의 목소리가 들려왔다.

"어? 여자애? 혼노지에?"

게다가 귀엽다!

그리고 여러 명!

그중에는 리아스에게 필적할 만큼 가슴이 큰 애도 있다!

뭐가 어떻게 된 거지? 혹시 오다 노부나가의 하렘? 하렘인 거야? 잇세는 마음속으로 그렇게 외쳤다.

"훌쩍훌쩍. 이런 아수라장에 소환해서 죄송해요, 죄송해요.

저희 셋은 오다 가문 가신단이에요. 저는 군사인 타케나카 한베에라고 해요. 이세계에서 무장을 획득하려고 위험한 소환 의식을 진행했다가 실패한 결과, 이쪽 다섯 사람이 이세계로 넘어갔어요. 그 대신 여러분이 이쪽으로 오게 된 거죠. 아, 아, 악마 여러분, 괴롭히지 마세요~……."

"나는 효도 잇세이! 여자애는 안 괴롭혀! 특히 너 같은 여동생 타입은 소중히 지킨다고! 그게 나의 저스티스!"

"으으으. 요시하루 씨 이외의 남자분한테도 저는 여동생 취급을 받는군요. 훌쩍훌쩍."

"하, 하지만, 한베에의 옆에 있는 여자애의 가슴은 장난 아니네! 진짜 엄청나!"

"히익? 너, 너는 뭐야. 내 가슴을 뚫어지게 보지 마! 나는 시바타 카즈이에! 공주님 휘하에서 제일가는 가신, 오다 가문 필두 가신! 내 가슴을 만지면, 차, 창으로 확 찔러버릴 거야!"

"시바타 카즈이에? 왜 여자인 거야? 왠지 제노비아를 닮았네. 확실히 단순무식해 보이는 게 카즈이에 느낌이긴 해. 그래도 가슴 정말 크네!"

"가슴 이야기 하지 마! 네가 무슨 사가라 요시하루냐!"

"그게 누구인데?"

"하아, 정말. 왜 미래 세계나 이세계에서 온 남자는 하나같이 가슴에 집착하는 거지? 나가히데, 확 베어버리자!"

"자, 시바타님. 진정하세요. 이세계에서 오신 여러분, 저는 오다 가의 가신인 니와 나가히데라고 합니다."

"아까 저희의 주군이신 오다 노부나 님이 소환 의식에 실패해서 혼노지에서 사라지고 말았습니다. 교토를 경비하던 덜렁이, 아케치 미츠히데 님은 모반이 일어나 공주님께서 당하셨다고 오해한 나머지, 착란을 일으켜 혼노지를 습격하고 말았죠. 설득하고 싶지만, 아케치 님은 워낙 격앙한 탓에 남의 말에 귀를 기울이지 않아요. 20점이군요."

"오다 노부나? 노부나가가 아니라, 노부나? 게다가 공주님? 나, 나가히데 씨! 혹시…… 혹시 이 세상의 전국 무장은 전부 여자인 거야아아아아아아아앗?"

"네. 전원은 아니지만, 반 이상이 여자예요. 특히 천하를 차지하려 하는 거물은 대부분 여자죠. 타케다 신겐. 우에스기 켄신. 코바야카와 타카카게. 오토모 소린. 다테 마사무네. 호죠 우지야스. 전부 한창 나이의 여자 무장이랍니다. 다테 마사무네는 아직 어린애지만요."

"우와아아아아아앗? 끝내주네! 여자 무장! 미소녀 무장의 세계야! 그럼 나가히데 씨…… 이 세상에는 전쟁에서 승리해 나라를 차지하면, 자동적으로 하렘이 확대되는 거네?"

"그렇긴 한데, 하렘 같은 발칙한 미래의 말을 제가 안다는 사실이 참 한탄스럽군요. 40점이에요."

"결심했어, 리아스. 나는 쿠오우 학원에 소환된 오다 노부나가 돌아올 때까지, 이 전국시대에서 오다 노부나를 대신할래! 당분간은 그레모리 가문이 오다 가문의 천하통일 대업을 대신하는 거야! 나는, 젖룡제가 되겠어!"

"하아, 잇세답다고 해야 할지, 항상 변함이 없다고 해야 할지 모르겠네."

"잇세 군의 성격은 전국시대에 어울릴지도 모르겠군요."

한베에가 "아. 이 세상의 일본에는 이미 히미코 님이 계시니, 제위에 오를 수는 없어요."하고 말하며 쓴웃음을 흘렸다.

"그럼 젖룡왕이 되겠어!"

"훌쩍훌쩍. 왕도 좀⋯⋯."

"이익, 그럼 젖룡대장군이라도 좋아! 하렘만 만들 수 있다면, 나는 직함이나 신분에는 집착 안 해!"

"⋯⋯훌쩍훌쩍. 요시하루 씨와 많이 닮은 분이네요."

"다들 나를 따를 거지?"

"⋯⋯이 양갱과 비슷한 과자를 더 준다면, 따를게요."

그것은 '우이로우' 라고 하는 나고야 명물이에요, 자요, 하면서 한베에가 코네코에게 새로운 우이로우를 건네줬다.

"저는 언제나 잇세 씨를 따를 생각이지만, 눈앞의 아케치 군은 어떻게 할 건가요? 완전히 포위당해서 도망칠 곳이 없어요. 그렇다고 싸워서 미츠히데 씨를 쓰러뜨릴 수도 없잖아요."

"아시아, 걱정하지 마. 나가히데 씨, 아케치 미츠히데도 여자죠?"

"네. 이마가 좀 넓지만, 고귀한 일본풍 미인이에요. 하지만 착각을 잘하고, 남의 말을 듣지 않고 폭주하는 경향이 있죠."

"여자애라면 드래이그가 없을 때도 전투 불능으로 만들 수 있어! 젖룡제의 (어찌 보면) 궁극 오의, 드레스 브레이크로!"

잇세이는 "이런 상황에서도 너는 눈곱만큼도 변함이 없구나."라며 볼을 꼬집는 리아스의 가슴에 손을 댔지만, 기술은 발동되지 않았다.

"아…… 아니? 드레스 브레이크도 못 쓰는 거야? 우어어어어 어어어!"

한베에가 "잇세이 씨, 당신이 지닌 『용』 계열 마법은 이 일본에서는 쓸 수 없어요. 제가 교토 지하에 흐르는 용맥을 끊어버렸거든요. 홀쩍. 죄송해요, 죄송해요."하고 울먹이며 사과하자, 잇세이는 이 전국시대에 오래 머물렀다간 자기는 찌찌라는 꿈을 잃은 인간 말종이 될 거라는 충격적인 미래를 예감했다.

"이…… 이대로는 시바타 카츠이에의 찌찌를 영원히 못 보는 거야? 그 이전에, 어떻게 아케치 군을 격퇴하지? 무리야. 지금의 나는 너무 무력해……."

"어머어머. 리아스. 임전태세가 되어 하늘을 찌를 듯하던 잇세 군의 텐션이 급격히 하락했네요. 전장 한복판에 있는데 말이에요."

"일어서, 잇세! 너라면 할 수 있어! 용의 힘을 빼앗겼어도, 드레스 브레이크를 쓸 수 없더라도, 너라면 분명 미래를 개척할 새로운 기술을 습득할 수 있을 거야! 오컬트 연구부에 입부한 후부터의 노력과 싸움의 나날을 떠올려 봐!"

"그래……. 리아스를 부장님으로 부르던 시절의 나를! 떠올렸어요! 찌찌가 존재하는 한, 나는 포기하지 않아아아아! 그리고, 여기는 공주 무장들이 있는 꿈의 하렘 세계! 동료들과 함께 반드시 이 혼노지의 변을 극복하고 말겠어! 나는 아직 살아 있잖아! 살아 있는 한, 찌찌를 포기할 수는 없어! 세이크리드 기어의 힘을 빌리지 않더라도, 나 자신의 힘으로 아케치 미츠히데를 홀랑 벗겨버릴 다른 수단을 지금 바로 떠올릴 거야!"

"잇세 씨, 멋져요!"

"……저질스러운 대사지만, 이세계에 넘어왔는데도 믿음직하네요."

여기가 전장만 아니었다면 저 애도 좀 더 멀쩡했을 거랍니다, 하고 아케노가 나가히데에게 변명했다.

네. 비슷한 분을 알고 있어서 이미 익숙해요, 하고 나가히데가 웃었다.

하지만 한베에는 부들부들 떨면서 잇세이의 교복 소매를 움켜잡았다.

"잇세이 씨. 오다 가문에 속한 이들끼리 싸웠다간 원한이 남을 거예요. 이 사태를 수습하기 위해서는 노부나 님을 이곳으로 불러와서 아케치 님을 정신 차리게 할 수밖에 없어요."

"아케치 미츠히데는 홀랑 벗겨져도 정신을 차리지 않을 거란 소리야?"

"네. 오히려 더 화를 내겠죠. 전국시대의 공주 무장은 기본적으로 수치심이 극도로 강하니까…… 그것도 그럴 게 무사니까요. 시바타 님이라면 사람들 앞에서 옷을 벗겨졌다간 할복을 할 거예요."

"알았어, 한베에. 나는 어디까지나 이 무의미한 싸움을 끝내려고 아케치 미츠히데를 벗기려고 한 거야. 결코 청초한 일본풍 미소녀가 가슴을 나한테 보여주고 당황하는 모습을 두 눈에 새긴 후에 머릿속 메모리에 영구 보존하고 싶다는 사리사욕만을 위해 벗기려던 게 아니라고."

"그, 그런가요. 저는 처음부터 잇세 씨를 믿었어요. 훌쩍훌쩍."

어머, 한베에 양의 눈이 마치 시체 같군요, 우후후, 하고 아케노가 쓴웃음을 흘렸다.

"거짓말할 줄 모르는 아이군요."하고 아시아가 한베에를 동정하며 훌쩍였다.

"하지만, 어떻게 오다 노부나를 이곳으로 데려오지? 혼노지의 문은 곧 돌파될 거야. 건물 안까지 불길이 번지기 시작했으니, 남은 시간은 얼마 없어."

"아무튼 방이 불타기 전에 『미야마제로식』의 술식을 다시 발동해 보자. 방식은 다르지만, 책사인 한베에 양이 보좌해 준다면 가능할 거야. 타케나카 한베에는 『금공명』으로 불린 전국시대 제일의 천재 군사인걸."

"리아스. 그것만으로는 학원과 연결되지 않을 거야. 그쪽에서도 액션을 취해 줘야만 이어질 거라고 생각해."

"그쪽에서도 우리를 원래 세계로 귀환시키기 위해 손을 쓰고 있을 거라 믿어보자. 아, 하지만…… 이쪽 세계에서는 세이크리드 기어를 쓸 수 없지?"

"그래요, 리아스. 『미야마제로식』 같은 강력한 소환 의식에는 세이크리드 기어가 필수죠. 마방진만으로는 출력이 부족할 거예요."

"여러분. 정원에 십자가가 세워져 있어요. 아까 소환 때는 저기서 번개의 전력을 흡수해 마방진에 주입했죠. 하지만 지금은 하늘이 맑아요. 비가 내릴 기색이 없네요."

"제가 번개를 부를 수 있다면 좋을 텐데 말이죠."

한베에가 "저희는 세이크리드 기어라는 것이 뭔지는 모르지만, 그걸 대체할 만한 것이라면 있어요."라며 고개를 끄덕였다.

"역시 아케치 미츠히데, 문이 돌파당했어! 아케치의 병사가 일제히 밀려올 테니, 서둘러!"

문 쪽에서 싸우고 있는 듯한 카츠이에의 목소리가 먼 곳에서 들려왔다.

그와 동시에, 정원에서 아케치 군의 병사가 잇세이 일행이 틀어박혀 있는 방을 향해 쇄도했다──!

"이미 사라지기 시작했어! 노부나?!"

쿠오우 학원 오컬트 연구부 부실.

요시하루가 뻗은 손이 노부나의 몸을 통과했다.

칸베에가 "사가라 요시하루, 어떻게 된 거야? 남만 과학을 익힌 이 시므온도 이해할 수 없는 현상이야!" 하고 외쳤다.

"아차, 이미 늦었어! 이제……."

"아뇨! 아직 방법이 있어요!"

두우우우우웅.

"리, 큐?(오다 노부나의 몸이 완전히 정지했어. 투명화도, 멈췄어.)"

"이건……?"

요시하루 일행이 돌아보니, 금발 보브컷의 조그마한 미소녀가 눈에 들어왔다.

"요시하루 군. 이게 개스퍼 군의 힘이에요!"

"제가 『포비든 발로르 뷰』로 노부나 씨의 시간을 멈췄어요! 하지만 계속 멈출 순 없어요! 서둘러 소환 의식을 시작해 주세요!"

"아, 그래. 종이 상자 안에 들어가 있었던 애구나! 드디어 이 세계에서 여자애와 만났어어어어! 게다가 귀여워! 영원히 못 볼 줄 알았던 현역 여고생의 교복 차림, 만세에에에에엣!"

"죄송한데, 저는 남자예요. 여장은 취미고요."

"그건 좀 아니잖아! 뭐가 슬퍼서 세계선을 넘어와서 사내놈하고만 마주치는 거냐고! 전국시대에서 미소녀 무장만 만난 걸 이렇게 만회하는 거냐?"

"히이익. 울 것까지는 없잖아요? 기대에 부응하지 못해서 죄송해요!"

"요시하루 군, 남은 시간은 얼마 안 돼요. 『미야마제로식』을……."

"아, 맞다! 마방진은 이미 있어. 부탁해, 칸베에! 리큐!"

칸베에가 "날씨가 맑아서 번개가 떨어질 것 같지 않아!" 하며 머리를 감싸 쥐었고, 리큐도 「리, 큐(의식에 필요한 명물 다기가 없어.)」하며 두 손을 X 모양으로 교차시켰다.

"괜찮아요. 이 방에는 다기가 없지만, 세이크리드 기어를 이용하면 술식을 발동시킬 수 있죠. 저희는 세이크리드 기어를 이용해 『미야마제로식』을 발동시켰습니다."

"세이크리드 기어? 키바, 그게 어디 있는데?"

"저희 몸속에 있어요."

"몸속?!"

"이이이이, 이제 한계예요! 노부나 씨의 시간이 흐르기 시작할 것 같아요~. 서둘러요!"

칸베에가 "아무튼 술식 해방! 오다 노부나를 전국시대로 돌려놓으면 소멸을 면하는 거지? 이 공적으로 큐슈 북쪽의 땅을 하사받겠어! 므흐~!"하며 소환 주문을 영창하기 시작했고, 리큐는 "고스, 고스. 로리, 로리."하고 애니메이션 보이스로 노래하며 이상한 춤을 추기 시작했다.

그리고 이누치요는 마방진의 정면에 단정히 앉더니, 양갱을 우걱우걱 먹었다.

"그거야, 칸베에! 잘했어! 마방진의 중심에서, 빛의 기둥이⋯⋯!"

"이 쿠로칸만 믿어! 아~하하하하!"

"눈부셔서 안 보이지만, 이 빛의 기둥 너머에 전국시대의 혼노지가 있는 거구나! 넘어가자! 어, 어라, 이상하네. 발을 내디딜 수가 없어. 보이지 않는 빛의 벽에 막힌 것 같아?!"

"안 돼요, 요시하루 군! 두 세계를 잇기에는 에너지 출력이 부족해요! 전국시대에 소환된 잇세 군과 아시아 양의 세이크리드 기어가 없어서 그래요. 저와 개스퍼 군의 세이크리드 기어만으로는……."

"히이이이익. 더는 시간을 멈출 수 없어요오오오오오!"

"그럴 수가아아? 부탁이야, 버텨줘! 노부나가 사라질 거야!"

바로 그때였다.

이누치요가 갑자기 창을 거머쥐며 일어섰다.

"……빛의 기둥 너머에서, 고양이 그림자가 보였어. 고양이 요괴가 분명해."

"고양이 그림자? 나는 안 보이는데?"

"고양이는 개에게 퇴치당해 마땅한 존재. 견공이야말로 지고의 존재——!"

두웅!

이누치요는 양갱을 입에 집어넣더니, 빛의 기둥을 향해 창을 내질렀다.

혼신의 일격——!

"명중했어!"

대앵!!

창끝이 바위처럼 단단한 누군가의 주먹과 격돌했다.

그 충격으로 빛의 벽이 붕괴되더니, 혼노지의 방에서 빛의 벽을 향해 주먹을 내지른 이가 얼굴을 보였다.

"……고…… 고양이 좋아."

빛의 벽 너머에서 개의 기척을 감지했다며 전력을 다해 주먹을 내지른 코네코였다.

우이로우를 맛있게 냠냠 먹고 있었다.

아케치 미츠히데에게 습격을 당한 혼노지 측에서도 대량의 명물 다기를 이용해 『미야마제로식』을 펼쳐서, 쿠오우 학원으로 간 노부나를 다시 불러오려 한 것이다.

하지만 출력이 아주 조금 모자라! 빛의 벽을 넘어갈 수 없어! 번개의 힘을 이용하지 않으면 무리야! 하면서 아케치 미츠히데의 군대에게 완전 포위를 당해 있을 때, 코네코가 빛의 벽을 향해 갑자기 "……개는 고양이에게 퇴치당해 마땅한 존재예요."라고 말하며 주먹을 휘둘렀다.

"무슨 일이 일어난 건지는 모르겠지만, 코네코 양과 마에다 이누치요 양이 날린 혼신의 일격 덕분에 빛의 벽이 파괴되며 두 세계가 연결됐어요! 만점이에요!"

"어머어머, 우후후. 개와 고양이, 시공을 넘어 격렬하게 서로를 미워하는 감정은 비틀린 사랑이라고 해도 과언이 아닐지도 모르겠군요."

"……우이로우, 맛있어요."

"……양갱, 맛있어."

우이로우와 양갱을 교환하며, 개와 고양이가 하이파이브를 했다.

코네코와 이누치요. 숙명의 동물 대결은 공동 대승리라는 최고의 결과로 끝났다.

"양쪽의 마방진은 현재 출력이 떨어진 상태예요! 이쪽 다섯 명과 저쪽 다섯 명은 서둘러 이동해 주세요!"

키바가 그렇게 말한 순간, 잇세 일행은 소멸하기 시작한 빛의 기둥을 통해 오컬트 연구부 부실로 뛰어들었고, 요시하루 일행은 다시 실체화되어 "뭐가 어떻게 된 거야?" 하며 어리둥절해하는 노부나를 밀며 혼노지로 되돌아갔다.

영웅은 영웅을 알아본다는 말이 있다. 잇세이와 요시하루는 엇갈리는 순간 "정말 밝히게 생긴 녀석이네.", "저렇게 찌찌에 환장하게 생긴 녀석은 처음 봐." 하고 중얼거리더니, 작별 인사를 하듯 팔을 교차했다.

하지만 요시하루는 도저히 납득할 수가 없었다.

잇세이의 연인으로 보이는 리아스는 거유가 아니라 폭유라고 해도 과언이 아닐 정도의 가슴 크기를 자랑하는 반칙급 미소녀였다. 그에 비해 노부나는 전국시대 일본 제일의 미소녀이기는 해도 가슴 사이즈가 약간 불리했다. 게다가 이런 소리를 했다간 노부나의 칼에 죽을 테니 농담하듯 투덜댈 수도 없다——는 것만이 아니다.

"잇세, 괜찮아? 너, 불화살을 몇 발이나 맞았잖아. 세이크리드 기어도 못 쓰는 상태면서, 나를 지키려다…… 이렇게 다치면 어떻게 해."

"잇세 씨, 방에 돌아가면 바로 치료해드릴게요!"

"어머어머. 잇세 군. 치료라면 제가 해드릴까요?"

"효도 잇세이라고 했지? 너희 부 여자애들은 대체 뭐야? 모두가 너를 좋아하는 거야? 그런데다 여자애들끼리 사이도 원만한 거야? 왜 너를 둘러싸고 피바람이 불지 않는 건데? 완전 하렘 상태잖아! 현대 일본은 일부일처제 아냐아아아아아? 어떻게 하면 여친이 질투하지 않는 하렘을 만들 수 있는 건지 가르쳐 줘! 나한테는 그 방법이 진짜 절실하다고!"

"사가라 요시하루, 너야말로 하렘의 왕이잖아? 오다 가문의 휘하에서 전국시대 일본을 활보하고 있는 데다, 미소녀 무장도 엄청나게 거느렸다며? 완전 반칙이네!"

"나는 질투심 많은 노부나 손에 언제 죽을지 모른단 말이야! 한 나라의 주인이 된 지금도 피가 마를 지경이야! 하렘 같은 건 꿈이라고!"

"리아스도 질투할 때가 있지만, 오다 노부나가는 좀 위험하긴 할 거야."

"아냐! 내 여친은 『오다 노부나』야! 오다 노부나가는 역사가가 날조한 가공의 인물이라고!"

"딱 잘라 말하네! 진짜 뜨거운 사이잖아! 잘 가라, 친구여! 하렘을 위해!"

"그래! 하렘을 위해!"

다섯 명과 다섯 명이, 원래의 방으로 돌아간 순간……

빛의 기둥이, 닫혔다.

"어라? 노부나 님? 누군가가 모반을 일으켜서 생명을 잃은 게 아니셨나요?"

혼노지.

'노부나 님의 원수를 갚을 거예요~ 적은 혼노지에 있어요!' 하며 자기 화승총을 짊어지고 방에 쳐들어온 아케치 미츠히데는 노부나가 마방진 한가운데에 앉아서 차를 마시는 모습을 보더니, 얼굴에 물음표를 띄운 듯한 표정으로 굳어버리며 온몸에서 힘이 빠져 버렸다.

"사사사사, 살아계셨군요? 이 쥬베에는, 틀림없이…… 노, 노부나 니이이이임!"

"쥬베에? 너, 내가 죽은 줄 알고 혼노지를 습격한 거야? 하아. 덜렁대는 데도 정도라는 게 있거든? 괜찮아. 천하를 통일할 때까지, 내가 죽을 리 없잖아?"

"다행이에요, 노부나 니이이이임!"

갑옷 곳곳에 화살이 박힌 카츠이에가 "나는 미츠히데의 군대한테 죽을 뻔했거든? 이런 짓을 벌인 미츠히데를 그냥 용서해주는 거야?" 하며 고개를 갸웃거렸고, 나가히데는 "공주님이 무사히 돌아오셨으니, 일단은 만점이에요." 하며 쓴웃음 지은 얼굴로 카츠이에의 어깨를 두드려줬다.

"칸베에 씨, 어서 오세요. 걱정 많이 했어요, 훌쩍."

"한베에. 너야말로 혼노지에서 큰일이 날 뻔했지? 이 시므온이 없으면 너는 정말 아무것도 못 한다니깐. 아~ 하하하!"

"리, 큐(이세계의 세이크리드 기어를 조사하고 싶었지만, 시간이 없었어.)"

"……양갱 제조법을, 고양이에게 물어볼 걸 그랬어. 우물우물."

노부나 일행은 재회를 축하하며, 그대로 다과회에 돌입했다.

아케치 휘하의 병사들이 "결국 어떻게 된 거야?", "우리 공주님은 자주 착각하잖아. 모반이 일어났다는 건 망상이었나봐.", "노부나 님께 할복 명령을 받지 않아 다행이야." 하며 물러나는 가운데, 구석에 뻗어 있던 요시하루는 "하아, 정말. 혼노지 플래그가 이걸로 정리된 거라면 좋겠는걸." 하고 중얼거렸다.

"훌쩍. 그렇지는 않을 거예요. 하지만 앞으로 있을 일에 보탬이 될지도 모르겠네요. 실행범이 누구인지는 아직 확인되지 않았고, 애초에 누군가가 야망 때문에 일으킨 모반이 아니라 이번처럼 오해로 인해 우발적으로 혼노지의 변이 일어날 가능성도 시야에 넣죠."

한베에가 요시하루의 옆에 앉더니, "자요." 하고 말하며 무릎베개를 해 줬다.

"하하하, 한베에? 왜 그래? 부끄러우니까 됐어! 간지럽다고!"

"남성은 여자가 무릎베개를 해 주면 치유된다고 쿠오우 학원 여러분한테 들었어요. 저는 음양사가 아니게 되어서 치유의 힘을 쓸 수 없지만, 무릎베개라면 요시하루 씨에게 얼마든지 해드릴게요."

"한베에는 정말 상냥하다니깐……. 으윽…… 하지만 이렇게 적극적인 한베에도 참신한걸!"

"가슴이 있다면 더 치유될 거라고 리아스 씨가 말씀하셨지만, 유감스럽게도 저는 가슴이 작거든요. 하지만 매일 소님의 젖을 마시면 쑥쑥 자란다고 들었으니, 앞으로 노력할게요! 전쟁에서 생명을 걸고 싸우는 요시하루 씨의 혼을 치유해 주기 위해서요!"

"하아아아~. 리아스 씨는 완전 천사네. 아니, 악마였나?"

"네. 마왕님의 여동생이라고 들었어요."

"아~ 나도 인간을 관두고 악마가 되고 싶어~. 노부나의 가슴이 리아스 씨만큼 크면 좋을 텐데~. 하지만 그 녀석도 가녀린 데 비해서는 꽤 큰 편이니까 조금만 더……. 그래, 딱 1컵만 커지면 좋겠어. 참, 노부나한테도 우유를 먹여 볼까?"

"후후. 좋은 생각이네요. 혼노지에서 소님을 기르죠."

고오오오오오.

어라. 등 뒤에서 뭔가가 불타오르고 있는걸. 격렬한 불길이 타오르고 있다고.

"……마왕이라면 여기에도 있거든? 야망을 위해서라면 히에이산도 아무렇지 않게 불태우는 제육천마왕이 말이야."

'맙소사. 역시 나는 하렘의 주인이 못 되는 거냐.' 하고 요시하루는 한베에의 무릎에 매달리며 생각했다.

"저기, 요시하루? 주군인 내가 그야말로 위기일발의 상황이었는데, 어린애 상대로 뭘하고 있는 거야? 그리고…… 누구의 가슴이 작다는 건데? 나도 작지는 않단 말이야! 진짜, 너란 남자는 얼마나 욕심 많은 원숭이인 거야!"

"훌쩍훌쩍. 노부나 님, 진정하세요. 이이이, 이건 불륜이 아니에요. 쿠오우 학원 방식의 치유법……."

"한베에, 너는 악마에게 속은 거야! 원숭이! 주군의 가슴이 작다고 떠든 죄, 만 번 죽어 마땅해! 순순히 할복하란 말이야! 할복!"

"히익~?! 잠깐만, 노부나! 칼을 휘두르지 마! 네 칼에 베여 죽으면 할복이라 할 수 없다고!"

"야, 도망치지 마! 거기 서~!"

요시하루는 생각했다. 노부나의 질투쟁이라는 무시무시한 버릇을 교정해 줄 마법은 없을까──하고 말이다.

〈끝〉

작가 후기

독자 여러분, 오래간만입니다. 이시부미입니다.

지난 권(진 하이스쿨 D×D 4) 발매 후로 1년이나 지나 DX 시리즈 6탄이 발매됐습니다.

그 이유는 나중에 말씀드리겠습니다만, 우선 이 책에서 콜라보된 「오다 노부나의 야망」이야기를 하고 싶습니다.

미야마 제로 씨께서 일러스트레이터를 맡고 계신지라, 예전에 드래곤 매거진의 기획으로 D×D와 노부나의 콜라보 소설을 쓰게 됐습니다. 각자가 단편을 쓰고, 같은 잡지에 실렸죠. 카스가 미카게 선생님이 써주신 D×D 캐릭터와 제가 쓴 노부나 캐릭터가 뒤엉키면서, 각각의 시점과 스토리 전개로 그려진 두 단편은 매우 재미있다고 생각합니다.

카스가 선생님, 당시의 콜라보와 이번 DX.6에서 신세 많이 졌습니다. 콜라보, 정말 즐거웠어요.

자, 신간이 나오는데 1년이나 걸린 이유를 말씀드리자면, 2020년에 몸이 망가진 후로 장기간 요양을 할 필요가 있었기 때문입니다. 생명이 위험할 정도는 아니지만, 작년 여름 초입부터 집필이 어려워지면서 치료와 요양에 전념했습니다. 현재는 약의 효과 덕분에 서서히 일상적인 생활이 가능해졌습니다. 담당 편집자님과 이야기를 나누며, 복귀 시기를 모색하고 있는 중입니다.

팬 여러분, 진 D×D와 SLASHDØG, 그리고 이 단편에 신작 소설을 준비하지 못해 정말 죄송합니다. 제 건강 문제로 미야마 제로 씨, SLASHDØG의 일러스트를 담당하고 계신 키쿠라게 씨, 담당 편집자님께 막대한 폐를 끼쳐 송구할 따름입니다.

최근에는 건강 문제로 폐를 끼쳤습니다만, 몸이 좋을 때는 각 작품의 스토리 전개 및 집필 아이디어 등이 떠오르면 메모하거나 때때로 담당 편집자님과 상의하고 있습니다. 그 점은 안심해 주십시오.

꼭 다시 돌아올 테니, 잠시만 더 기다려 주시길 바랍니다.

〈출전〉

Life. 1 악마, 계속하고 있습니다!

Life. 2 오컬트 연구부 VS 찌찌 키메라!

Extra Life. 프렐류드 오브 엑스칼리버

【하이스쿨 D×D 리아스×아케노 찌찌 BOOST BOX! 수록】

Life. 4 악마가 하는 일 체험 코스

【하이스쿨 D×D 리아스×아케노 찌찌 BOOST BOX! 리필 수록】

Life. 5 주문은 악마입니까?

【드래곤 매거진 2019년 5월호 수록】

Life. 6 개업! 그레모리 부동산!

【드래곤 매거진 2020년 5월호 수록】

Bonus Life. 1 전국☆브래지어   저자:이시부미 이치에이

Bonus Life. 2 미야마 제로식 이야기   저자:카스가 미카게

【드래곤 매거진 2014년 11월호 수록】

역자 후기

안녕하십니까. 근로청년 번역가 이승원입니다.

『하이스쿨 D×D DX』6권을 구매해 주셔서 감사합니다.

그럼 『하이스쿨 D×D DX.』6권에 대해 조금 이야기해 볼까 합니다.

스포일러가 포함되어 있을 수도 있으니 본편을 안 읽으신 분은 유의해 주시길!

이번 권은 단편집 형식이었습니다. 드래곤 매거진 수록 단편들 뿐만 아니라 찌찌 BOOST BOX의 부록으로 실린 진귀한 단편도 포함되어 있습니다.

본편이 시리어스해지는 상황에서 이런 코믹 노선의 단편을 보니 활력소가 되는 것 같습니다. 현재 압도적으로 강대한 적과 대치 중인 잇세 일행이 다시 평화롭게 러브 코미디를 찍는 날이 빨리 돌아왔으면 좋겠습니다. ^^

그리고 오다 노부나와의 콜라보……. 전부터 두 작품의 주인공이 좀 비슷하단 생각을 했습니다만, 이렇게 콜라보하니 장난

아니군요.^^ 콜라보가 좀 더 이어져도 재미있었겠단 생각이 듭니다.^^

  그럼 이만 줄이겠습니다.
  항상 좋은 작품을 맡겨주시는 노블엔진 편집부 여러분께 감사드립니다. 앞으로도 잘 부탁드립니다.
  밥 해먹기 귀찮다고 식사 때마다 쳐들어오는 악우여. 이제 그만 식재료라도 들고 오는 게 어떠냐. 냉장고 텅 비어서 다음부터는 국수 삶아서 간장에 비벼줄 수밖에 없어…….
  마지막으로 제게 버팀목이 되어주시는 어머니와, 『하이스쿨 D×D DX.』를 읽어주신 모든 분께 진심으로 감사드립니다.
  『하이스쿨 D×D』 유니버스의 신작 후기에서 다시 뵐 수 있기를 진심으로 빕니다!

                                        역자 이승원 올림

하이스쿨 DXD DX.6 ~주문은 악마입니까?~

2021년 12월 20일 제1판 인쇄
2022년 01월 01일 제1판 발행

지음 이시부미 이치에이 | **일러스트** 미야마 제로

옮김 이승원

발행 영상출판미디어(주)
등록번호 제 2002-000003호
주소 21311 인천광역시 부평구 평천로 132 (청천동)
전화 032-505-2973(代) | FAX 032-505-2982

ISBN 979-11-380-0902-7
ISBN 978-89-6730-068-5 (세트)

HIGH SCHOOL DxD DX. 6 GOCHUMON HA AKUMA DESUKA?
©Ichiei Ishibumi, Miyama-Zero 2021
First published in Japan in 2021 by KADOKAWA CORPORATION, Tokyo.
Korean translation rights arranged with KADOKAWA CORPORATION, Tokyo.

노블엔진(NOVEL ENGINE)은 영상출판미디어(주)의 라이트노벨 및 관련서적 브랜드입니다.

이시부미 이치에이
관련작 리스트

◆

[소설]

하이스쿨 DXD 1~25 (완)
하이스쿨 DXD DX. 1~6
진 하이스쿨 DXD 1~2
·글 : 이시부미 이치에이 / 그림 : 미야마 제로

타천의 구신 –SLASHDØG– 1~3
·글 : 이시부미 이치에이 / 그림 : 키쿠라게

[코믹스]

하이스쿨 DXD 1~11 (완)
·만화 : 미시마 히로지 / 원작 : 이시부미 이치에이

[화보집/팬북]

미야마 제로 화집 하이스쿨 DXD
·원작 : 이시부미 이치에이 / 그림 : 미야마 제로

하이스쿨 DXD 하렘킹 메모리얼
·원작 : 이시부미 이치에이 / 그림 : 미야마 제로, 키쿠라게

NOVEL
NE
ENGINE

청춘의 상상, 시동을 걸어라!

진 하이스쿨 D×D

1~4

◆

나, 효도 잇세이는 야릇한 방면에서 유명한 고3. 그리고 상급 악마다. 리아스의 권속이 되고 1년 반이 지난 지금은 리아스와 모두에게 프러포즈한 상황에서, 하렘왕 엔딩까지 앞으로 한 발짝 남은 상태였다!

그럴 때, 나는 정체불명의 악마들이 한 여자애를 덮치려는 걸 봤어! 악마들은 나를 모르는 눈치인데, 그 여자애는 나를 보고 뭔가 중얼거리고……

"이 피의 색깔은, 라즈베리보다 진한 붉은색. 당신의 갑옷과 똑같아."

자, 리아스에게 구원받은 시절의 나 같은 여자애를, 그냥 내버려 둘 순 없지! 하급 악마에서 성장한 내 힘을 보여주겠어!

이시부미 이치에이 지음 | 미야마 제로 일러스트 | 2020년 12월 제4권 출간
청춘의 상상, 시동을 걸어라!

타천의 구신
~SLASH DOG~
1~3
하이스쿨 D×D Universe

◆

고등학생 이쿠세 토비오의 일상은 변하고 말았다. 사고로 행방불명이 된 동급생들. 괴물들의 습격. 목숨을 빼앗기기 직전, 토비오를 구한 것은 타천사 조직에 속한 이능력자── 그것도 또래의 미소녀였다?!

최강의 강아지인 '진'을 손에 넣은 토비오는 자신을 구해준 소녀 나츠메, 미소녀 마법사 라비니아, 중2병 소년 발리 등 개성적인 동료들과 함께 일상에서 벗어난 싸움에 참가한다. 자신이 잃어버린 것을 되찾기 위해…….

「하이스쿨 D×D」의 주인공 효도 잇세이가 악마가 되기 몇 년 전. 「슬래시독」 팀의 리더, 이쿠세 토비오의 과거를 그린 전일담!

이시부미 이치에이 지음 | 키쿠라게 일러스트 | 2022년 1월 제3권 출간
청춘의 상상, 시동을 걸어라!

제15회 MF문고J 라이트노벨 신인상 《최우수상》 수상작
2021년 7월부터 애니메이션 방영!

탐정은 이미 죽었다

1~5

◆

애니메이션 방영작

고등학교 3학년인 나, 키미즈카 키미히코는 한때 명탐정의 조수였다.

――"너, 내 조수가 되어줘."

시작은 4년 전, 지상 1만 미터 위의 상공. 하이재킹을 당한 비행기 안에서 나는 천사 같은 탐정 시에스타의 조수로 선택되었다.

그로부터 3년, 우리는 눈부신 모험극을 펼쳤고―― 죽음으로써 헤어졌다. 홀로 살아남은 나는 일상이라는 이름의 현실에 빠져 안주하고 있었다. ……그걸로 괜찮냐고?

괜찮고말고.

다른 사람에게 피해를 주는 것도 아니니까.

그렇잖아? 탐정은 이미, 죽었으니까.

 니고 쥬우 지음 | 우미보즈 일러스트 | 2021년 10월 제5권 출간
청춘의 상상, 시동을 걸어라!